1840-1945

文化

图文档案

策　划　陈　涌

编　著　廖代茂　杨会国

中华百年祭

ZHONGHUABAINIANJI

🌀 重庆出版社

图书在版编目（CIP）数据

中华百年祭·文化/廖代茂，杨会国编著.—重庆：
重庆出版社，2006.5（2007.1重印）
ISBN 7-5366-7776-6

Ⅰ.中…　Ⅱ.①廖…　②杨…　Ⅲ.①中国－近代
史－1840～1945　②文化史－中国－1840～1945
Ⅳ.K25

中国版本图书馆CIP数据核字（2006）第029786号

中华百年祭·文化
ZHONGHUA BEINIANJI WENHUA

廖代茂　杨会国　编著

出 版 人：罗小卫
策　　划：陈　涌
责任编辑：饶　亚
责任校对：郑小石
装帧设计：向加明

重庆出版集团
重庆出版社　出版

重庆长江二路205号　邮政编码：400016　http://www.cqph.com

重庆双安分色制版公司制版
重庆市九龙坡区圣利印刷厂印刷
重庆出版集团书林图书发行公司发行
E-MALL:fxchu@cqph.com　邮购电话：023-68809452
全国新华书店经销

开本889×1194　1/24　印张 9.75
字数114千　图片248幅
2006年5月第1版　2007年1月第1版第2次印刷
印数8 001－13 000
ISBN 7-5366-7776-6/K·450
定价：26.00元

如有印装质量问题，请向本集团书林图书发行公司调换：023-68809955 转 8005

编 者 的 话

鸦片战争后，西学对中国传统思想产生了巨大冲击，儒学的正统地位被终结，民主和科学的核心地位得以确立，并为马克思主义的传播奠定了基础。近代文艺思潮也发生了深刻的变化，出现了很多新的艺术门类和艺术流派，产生了一批大师。本书因为政治篇对思想有所涉及，而文学艺术范围广、门类多、内容杂，加之版面关系，不求面面俱到，尽量选择有代表性的部分予以点滴介绍。

在西学东渐的影响下，中国传统教育从内容、形式到制度都发生了变化。清末废科举，兴学校，建立起了新的教育制度。民国时期教育更发生了根本的变革，医学也由中医学为主导的传统医学向以西医学为主导的近代医学体系转变。

随着西方列强的入侵，大量传教士涌入中国，他们兴建教堂，发展教徒，兴办学堂、医院等，对中国的政治文化和思想等领域都产生了重大影响。而中国的传统宗教如佛教和道教也开始了"近代化"的历程。本书对这些鲜为人知的历史给予了客观的介绍，诸如传教士既对中国有侵略的一面，又对中国走向近代化有一定积极影响，抗战时期宗教信徒又如何作出抉择，日本用宗教对中国的侵略等，并配以精心挑选的大量珍贵图片。

社会生活篇力图结合大量老照片再现当时人们的生活方式，包括衣食住行、婚丧嫁娶、节日娱乐等。对于普通人和少数民族的生活给予了更多关注。同时我们还可看到旧中国最真实的一面：贫穷、迷信、愚昧、病态、保守。民俗的积极变迁又可看到中华民族对现代文明的追求和对融入世界人类文明的希冀。

本书除非十分必要，一般不用注释，重要的参考书目或文献附于书后。

本丛书，大胆尝试将近代史按专题分类介绍，收集了珍贵图片千余幅，力图改变一般史书的呆板面孔，但限于学术水平和文字修养，难免出现这样那样的错误，希望广大读者多加批评和指正。

目 录

第一篇：晚清时期

一、睁眼看世界：思想和文学艺术　　　　　　　　/2

晚清时期先进的中国人开始用世界眼光来思考中国的问题，林则徐、魏源、严复、康有为是这方面的代表，在文学、艺术领域也悄然地发生着变化……

二、除旧布新：教育　　　　　　　　　　　　　　/10

延续了几千年的科举制度被废除，旧的办学方式被新式教育所替代，留学教育也已开拓，一批中国学生走出国门接受西方教育，这中间有不少我们熟悉的名字，如钱学森、季羡林……

三、两足并立：卫生　　　　　　　　　　　　　　/35

随着国门的开启，西医开始传入我国，几十年间教会医院比比皆是，西医教育也已兴起，但中国传统医学仍在继续发展，形成了传统医学和西医两种医学体系并存的格局。

四、异彩纷呈：体育　　　　　　　　　　　　　　/42

在军队和学校，体育成为常设的课程，新式体育学校也在全国各地涌现；但传统体育并未被取代，各少数民族的体育更是内容丰富，各具特色。

五、苦难牧歌：宗教　　　　　　　　　　　　　　/46

基督教在西方列强的枪炮声中涌入中国，对传统社会造成了复杂而深远的影响，与此同时，传统的宗教如佛教、道教等也在寻找自己的生存空间，各宗教宣扬来世的幸福，在苦难动荡的中国吹响了一支支来世恬静的牧歌。

第二篇：中华民国时期

一、浴火重生：思想和文学艺术　　　　　　　/76

人们在思考中国苦难命运时，认为问题出在文化上，于是有了再造文化、浴火重生的种种争论……

二、改造国民：教育　　　　　　　　　　　　/90

孙中山领导的国民政府大力推行西式教育和三民主义教育；袁世凯掌权后掀起了复古尊孔的逆流；在红色根据地，有崭新的教育体制；在日本占领的东北及台湾，侵略者推行奴化教育……

三、独尊西医：卫生　　　　　　　　　　　　/105

民国时期大力推行西医，严格限制中医执业，禁止中医药广告，不准兴办中医学校及医院。1929年国民政府还通过了废止中医的提案……

四、水乳交融：体育　　　　　　　　　　　　/111

民国时期，体育已完全进入学校、部队，中国举行了全国性的运动会，参加了国际比赛，传统体育也接受了西方体育的自觉改造。体育与人们的生活、体育与武术等水乳交融、如胶似漆……

五、天上人间：宗教　　　　　　　　　　　　/117

民国时期，政局复杂多变，社会动荡不宁，追求出世、上天堂的宗教与人间的政治、现实难解难分，一幕幕的宗教与社会的历史剧纷纷登台……

第三篇：晚清、民国时期的社会生活

一、各行其道：食住行　　　　　　　　　　　/148

城市里，自行车成了常见的代步工具，街道上奔驰着公共汽车和有轨电车，但在农村，仍然靠的是畜力、人力等传统的运输工具。在住、居、食方面，新与旧、土与洋相互并存，各行其道。

二、千姿百态：服饰　　　　　　　　　　　　　　　　/158

　　满族的旗袍、汉族的冬装、明代的服饰、民国时期的"中山装"……
千姿百态，点缀着历史的天空。

三、快乐庆典：传统节日与相关民俗　　　　　　　　　/183

　　春节、元宵、清明等传统节日和相关民俗，虽经战乱，人们依旧守望。

四、生命欢歌：人生礼俗　　　　　　　　　　　　　　/193

　　诞生、婚姻、死亡是生命中的重要驿站，每当到达这些驿站，就会
有不少的礼俗……

五、挥之不去的阴影：迷信、陋习、禁忌　　　　　　　/198

　　跳神、算命、赌博、卖淫……以及各种莫名的禁忌，仿佛是一个社
会的身影，似乎只要社会存在，它的阴影就挥之不去。……

六、身边的神灵：民俗信仰　　　　　　　　　　　　　/213

　　各行各业都有自己崇拜的神灵，假发店敬赵五娘，理发店敬吕洞宾，
扒手供时迁，……每个人心中都有自己的神灵，每遇灾祸或困厄，人们
便焚香祈神，祈望逢凶化吉，一切平安。

七、人不能两次踏进同一条河流：近代民俗的变迁和人们观
念的变化　　　　　　　　　　　　　　　　　　　　/215

　　西方贤哲说：人不能两次踏进同一条河流。以此来形容世事的变迁，
以这句话来说明近代民俗和人们观念的变迁是十分恰当的。

八、风情万种：多姿多彩的民族风情　　　　　　　　　/220

　　辽阔了疆土、众多的民族、悠久的历史造就了风情万种的民族风情。

主要参考书目　　　　　　　　　　　　　　　　　　　/228

第一篇 晚清时期

一、睁眼看世界：思想和文学艺术

1.思　想

　　第一次鸦片战争前后，一些有识之士不满于汉宋学的空疏无益，倡导经世致用，代表人物有贺长龄、魏源、陶澍、林则徐、龚自珍、姚莹、包世臣、何秋涛、张穆、徐继畬等人，形成了地主阶级中的经世派。经世派倡导经世思想，讥切时弊，倡言社会改革。其中，龚自珍最为著名。

　　龚自珍（1792－1841），字璱人，号定盦，浙江仁和（今杭州）人。他把批判的矛头指向了封建君主专制制度。他根据儒学的"变易"观，提出了"变法"主张。龚自珍大声疾呼："一祖之法无不敝，千夫之议无不靡，与其赠来者以劲改革，孰若自改革？"试图在不根本变革封建制度的前提下，通过实行局部性的社会改革来兴利除弊，使清王朝摆脱危机。具体地说，便是提倡"实政"、"实学"，企求匡世济民的实效。所谓"实政"、"实学"，是指与国计民生息息相关的一切政务和学问，诸如漕运、盐政、农事、河工、兵制、刑律、吏治、科举及边疆地理等。

　　鸦片战争后，中国面临着西方的侵略，民族危机日亟；同时，欧风美雨东渐，又为时人提供了开眼看世界的机会。由是，经世派中一部分人开始向西方寻求救国之道，从而为传统的经世思想注入了新的时代精神。在这方面，林则徐、魏源、姚莹、徐继畬最具建树。林则徐作为地主阶级杰出的政治家和爱国者，不仅主张坚决抵抗外国侵略，而且成为近代中国开眼看世界的第一人。他在广东主持禁烟期间，为了解"夷情"，"日日使人刺探夷事，翻译夷书，又购其新闻纸。"林则徐主持翻译了《澳门新闻纸》、《华事夷言》，又把有关外国史地的资料译成《四洲志》。他还注意学习西方船炮技术，不仅购置西方船炮以为我用，而且组织人力摘译有关船炮操作的资料，以便仿造西式战船。林则徐力倡探求域外新知，开了风气之先。他被清政府遣戍新疆伊犁后，发展农业生产，屯垦戍边，谋求增强西北边疆的防御力量。

魏源（1794-1857），字默深，湖南邵阳人。他与龚自珍、林则徐等交往甚密，提倡经世之学。在《四洲志》的基础上增补中外资料，于1842年撰写成著名的《海国图志》50卷（后扩为100卷）。这部著作较为系统地介绍了世界各国的地理、历史、政情，总结了鸦片战争的经验教训，并提出了"师夷长技以制夷"的主张。他认为，要强国御侮，首先要"洞悉夷情"，了解世界。他说："夷之长技三：一战舰，二火器，三养兵练兵之法。"魏源建议，在中国设立兵工厂和造船厂，聘请"洋匠"来华施教；同时，译西书，改革科举考试制度，培养新式人才。他期待这样就可使西方"长技"尽为中国所得。还主张改革内政，"去伪，去饰，去畏难，去养痈，去营窟"，做到"以实事程实功，以实功程实事"。魏源最早从观念形态上提出"师夷长技以制夷"的鲜明主张，对其时和后来的思想界都产生了深远的影响。《海国图志》流传到日本，也助益了日本的明治维新。

姚莹（1785-1853），1845年写成《康輶纪行》一书，介绍中国西南边疆及外国一些地区的史地风情，告诫国人警惕英国侵略野心，主张加强沿海与边疆防务，学习西方的数学、天文学等"长技"。

徐继畬（1795-1873），字健男，山西五台人。1848年于福建巡抚任内成《瀛环志略》10卷。全书以图为纲，依次介绍世界各国的疆域形胜、风土人情及历史变迁。卷帙虽远逊于《海国图志》，但选材更为翔实精当。《瀛环志略》是继《海国图志》之后出现的又一部介绍世界史地的重要著作。

中日甲午战争后，新兴的资产阶级登上政治舞台，掀起了救亡图存，变法图强的维新运动。维新派在继承中国传统思想的基础上，严复及《天演论》。

广泛吸收了西方近代的自然科学知识、哲学和社会政治学说，形成了一套与封建专制统治思想相对立的思想体系。在维新派的思想中，进化论占有重要地位。

康有为、严复、谭嗣同的进化观最具代表性。康有为的进化观是在杂糅儒学"变易"观、今文经学和西方进化论的基础上形成的。康有为将上述的进化观与今文经学相结合，构成了自己独特的"公羊三世说"的历史进化论。他对今文经学中的"公羊三世说"作了新的解释，即将"据乱世"、"升平世"、"太平世"，比附为君主制时代、君主立宪制时代和民主制时代，它们循序渐进，形成世界历史进化发展的必然过程。他的这些主张，从理论上支持、阐发了用资产阶级君主立宪取代封建君主专制的合理性和历史必然性，成为维新派倡导变法的理论基础。

严复是中国近代史上第一个较系统地介绍西方资产阶级社会政治学说的思想家。1895年他着手译述赫胥黎的《天演论》，介绍达尔文的进化论。《天演论》的出版轰动了国内思想界，风行海内，产生了很大影响。严复把达尔文揭示的"物竞天择，适者生存"的生物进化原理视为天下万物发展变化的共同规律。在中国面临列强瓜分、民族危机日亟的条件下，严复介绍"天演论"，强调"物竞天择"，其本意在告诫国人：因循守旧，难免遭淘汰，陷于亡国灭种；只有变法图强，才是救亡图存的惟一出路。所以他又强调了人定胜天的思想。他说："天择"（即自然选择）固然是客观规律，但人类不应无所作为，"任天之治"，而应"与天争胜"，"胜天为治"，发挥自身的主观能动性，在社会竞争中掌握主动权。

谭嗣同是戊戌维新时期最激进的一位维新健将。他在结合儒学、佛学、西学的基础上提出了自己的进化思想。

维新派的进化论，承认矛盾，肯定变化，主张新生战胜腐朽，有力地冲击了"天不变，道亦不变"、"变器不变道"等封建守旧派所坚持的陈腐观念，为维新变法提供了理论依据，同时也丰富了中国近代哲学思想，具有进步意义。

2. 文 学

鸦片战争以后雄踞文坛，左右着士大夫文学趋向的是宋诗派和桐城派。在道光、咸丰年间，清代诗坛出现了学习宋诗的潮流，形成了一个所谓学人与诗人之诗合一的流派——宋诗派，又称"宋诗运动"。程恩泽（1785-1837）、郑珍（1806-1864）等是此诗派的健将。他们写诗学杜甫、韩愈、苏轼、黄庭坚。后曾国藩出，专宗黄庭坚，"宋诗运动"得到进一步发展，蔚然成风。反映鸦片战争题材的诗作占有重要地位，如林昌彝的《射鹰楼诗话》，张维屏的《三元里》、《三将军歌》，梁信芳的《牛栏冈》，贝青桥的《咄咄吟》，魏源的《寰海十言》等。林昌彝的《射鹰楼诗话》，书名之"鹰"是"英"的谐音，即取"射击"英国侵略者之意。

桐城派是清代影响最大的散文流派。咸同以后，随着清朝统治的稳定，桐城派有了进一步发展，进入晚清的鼎盛期。由于曾国藩为该派盟主，此期的桐城派又被称为湘乡派。曾国藩自诩为姚鼐的继承者，网罗贤才，广结名士，形成一个规模颇大的文学集团。其中，吴敏树、吴嘉宾、钱应溥、刘庠、俞樾、张裕钊、黎庶昌、薛福成、吴汝纶等，均为古文高手。桐城派文法在学界产生了广泛的影响，对戊戌维新运动以后脱颖而出的新派学者仍具吸引力。太平天国革命在思想文化方面也颇有建树。太平天国的领导人提倡"文以纪实"、"言贵从心"、"朴实明晓"的文风。太平天国发布的诏书、檄文和其他文件，文字朴实，通俗易懂。其领导人还通过诗歌的形式传达命令，鼓舞士气，写得感情充沛，琅琅上口，便于在民众中流传。

戊戌维新运动在文学领域的延伸，掀起了"诗界革命"的潮流。"诗界革命"作为一个进步的文学思潮，其兴起，约在1896年至1897年间。维新派诗人们不满意宋诗派、同光体的拟古主义、形式主义，主张在诗歌创作的内容和方法上实行改革，要求"能以旧风格含新意境"，表现新思想、新事物，容纳新词汇，从而使诗歌为维新运动服务。"诗界革命"的思想提出以后，迅速形成了一股颇具声势的新诗潮流，涌现出一批新派诗人。黄遵宪、谭嗣同、夏曾佑、康有为、梁启超、丘逢甲、蒋智由等，便是其重要的代表人物。《新民丛报》在1902年到1904年间开辟了"诗界潮音集"专栏，先后刊载了新派诗500余首，作者达40余人。这些诗歌初步显示了"诗界革命"的成绩。黄遵宪是"诗界革命"的一面旗帜。在批判旧诗传统的基础上，他提出"我手写我口"的创作原则，强调写诗要能表达自己的真情实感，反映现实生活。因此，他主张诗人只有走出书斋，了解生活，才能写出好的作品。他写道："儒生不出门，勿论当世事。识时贵知今，通情贵阅世。"他写的《逐客篇》揭露了美国掠夺华工、虐待华侨的罪行。《冯将军歌》赞扬了爱国将领冯子材率部英勇抗击法国侵略军的英雄事迹。《台湾行》则以十分沉痛的心情描写了台湾人民暂时失去祖国的痛苦，热情地歌颂了他们高昂的爱国热情。黄遵宪还擅长写长诗，《美国留学生感赋》、《纪事》等诗均是千言长篇，弥补了中国诗作缺乏长篇的不足。堪称"诗世界之哥伦布"，在近代中国有"史诗"之称，在文学史上占有重要地位。

诗界革命没有完全突破旧诗形式的束缚，实现诗体的真正解放，但是在创作方向及内容等重要方面对中国旧的诗歌传统进行了改革。秋瑾、章太炎、柳亚子、高旭、马君武等都曾发表过不少通俗晓畅，脍炙人口的革命诗歌。尤其是以陈去病、柳亚子等为首的《南社》诗人，更是成绩卓著。他们的创作实践，为五四时期的诗歌革命开辟了先路。

鸦片战争后，传统小说领域呈现出衰落趋势。中日甲午战后，新兴资产阶级十分重视小说在传播新思想，启迪民智方面所起的

巨大作用，因而不遗余力地加以提倡，成为近代小说由衰转盛的重要推动力。如梁启超说："欲新一国之民，不可不先新一国之小说。故欲新道德，必新小说；欲新宗教，必新小说；欲新政治，必新小说；欲新风俗，必新小说；欲新学艺，必新小说；乃至欲新人心，欲新人格，必新小说。"同时，近代都市的繁荣，职业小说家队伍的形成，广大市民阶层对小说的浓厚兴趣，以及新闻印刷事业的发达等，是促成20世纪初年小说繁荣重要的客观因素。进入20世纪后，专刊小说的刊物大量问世，如《新小说》、《绣像小说》、《月月小说》、《小说林》等，形成近代小说创作的第一个高潮。据统计，仅1900–1911年间创作的小说便在一千种以上。故有人称"晚清小说在中国小说史上是一个最繁荣的时代"。李伯元（1867–1906）的代表作《官场现形记》，吴趼人（1866–1910）的《二十年目睹之怪现状》和曾朴的《孽海花》最为有名，被誉为三大"谴责小说"。

20世纪初年，首先是文艺理论受到西方的强烈影响，对于文艺的特点、社会作用、创作方法等重要理论问题都有所论述。应用西方的哲学和美学理论来研究中国文艺最有成绩的要算王国维。他对小说、戏曲和词的研究是开创性的。文艺创作也发生了变化，领域有新的开拓。翻译外国文学作品也取得了可观的成绩，以致翻译小说的数量超过创作小说。英、法、俄、德、美、日等国的小说，大量被译成中文，许多著名的外国作家开始被中国读者所了解。清末最著名的小说翻译家是林纾，世界大文豪莎士比亚、狄更斯、托尔斯泰、易卜生、雨果、塞万提斯等人的名著，都是由林纾第一次译成中文介绍给国人的。至今流传的《伊索寓言》、《鲁滨孙飘流记》、《茶花女》、《唐·吉诃德》、《莎士比亚故事集》等书的第一个中文译本，都出自林纾的手笔。林纾为中国文学翻译事业及中外文化交流作出了重要的贡献。

3.艺　术

绘画：清中叶以后，西方绘画越来越多地渗透到中国绘画中，也有一些留学生开始学习和介绍西洋绘画，在中国形成了学习西洋画技法的风气。

清代末年民国早期，上海成为中国最繁荣的商业城市，因而吸引了当时的很多的绘画高手到来，形成了上海画派。海派很多画家有几个特点：第一，花鸟画最多，其次人物和山水画，在笔法墨法的应用上，简逸而明快，追求意境而忽略形式；第二，不论是花鸟或人物画，都具有象征性的手法；第三，造型与色彩华美，为了实用性与现实性，在造型的流畅上，浓丽的色泽上，很能迎合商业性的活动，也较受一般人喜爱，这种风格显然是受到西方美术表现手法的影响。画派的代表人物首推任伯年和吴昌硕。任伯年加强中国画写实成份，将工笔与写意结合；中国传统画法与西洋画法结合；文人画与

青年吴昌硕。

民间绘画结合。他注重观察生活，通过表现某种历史题材，创作出《苏武牧羊》等具有爱国主义思想的作品。吴昌硕从书法篆刻入手，把金石篆刻方法引入花鸟画中，他在花鸟画的运笔、泼墨、着色等方面都有开拓，对后人的画作、画风均产生了较大影响。海派画家是在19世纪和20世纪之交涌现出来的一支活跃而富有生气的画派，他们既吸收传统，又接近现实生活，是中国古典绘画向现代绘画过渡的一个重要环节。

在粤闽地区有"岭南派"，代表人物是高剑父，风格融合了东西画法。

电影：中国古代的灯影戏，被一些电影史学家视为对电影发明有重要的启示，所以中国一直被世界认为是对电影的诞生作出重要贡献的国家之一。

最早来中国放映电影的是法国商人，1896年，他们在上海徐园"又一村"茶楼内放映"西洋影戏"。1897年，美国人詹姆斯·里卡顿在上海天华茶园内放映爱迪生的影片。1898年，爱迪生派摄影师来到中国，拍摄了记录片《中国仪仗队》。1902年1月，电影传到北京。在北京前门打磨厂"福寿堂"内，外国电影商放映了《黑人吃西瓜》一类滑稽逗人的短片。1903年，中国留学生林祝三携带影片和放映机回国，租借北京前门打磨厂的天乐茶园放映电影，开始了中国人自己放映电影的历史。随着电影业的急剧发展，电影的放映由街头、集市、茶馆、跑马场、溜冰场等热闹场所转入电影院。1907年12月，北京大观楼影戏院改建竣工，开始演戏并放映电影。同年，中国第一座电影院由平安电影公司在北京长安街建成，由外商经营。

中国自己摄制的第一部影片，是1905年秋由丰泰照相馆拍摄的京剧名角谭鑫培主演的《定军山》片断。它标志着中国电影的诞生。早期电影主要是家庭伦理片和社会问题片。前者大多取材于下层市民的生活，反映的是观众所熟悉的男女婚恋、伦理道德、家庭琐事，如第一部故事片《难夫难妻》就是描写家庭伦理内容的影片。

二、除旧布新：教育

1．中国科举制度和旧式学校

1) 科举制度

隋文帝开皇七年（公元587年），废除九品中正制。隋炀帝大业二年（公元606年），下令开设进士科的考试。史学界一般以此作为科举制正式确立的标志。此后历经唐、宋、元、明、清，延续约1300年之久，对中国社会的政治、经济、文化、社会习俗等各方面产生了深远的影响。

唐代科举尚属于初级阶段，录取规模很小，还要通过吏部的考试才能做官，宋代，科举的地位大大提高，每届录取规模高出唐代十几倍，进士及第后立即能做官，而且升迁要比无科举出身的人快得多。宋代科举确立了最终由皇帝决定录取的殿试制度，考试制度也在逐步健全，到明清时已达到高度完善的程度。

读书人要先参加"童试"，参加的人不论年龄多大都叫"儒童"或"童生"，考试合格被录取"入学"后称为"生员"，俗称"秀才"。秀才分三等，成绩最好的称"廪生"，由国家按月发给粮食；二等的叫"增生"，不供给粮食，"廪生"和"增生"是有一定名额的；三等是"附生",即才入学的附学生员。取得秀才资格的人,才可参加正式科举。考取了生员,成了秀才,就是儒雅之士了,被人们尊称"相公",比一般老百姓享有优待。生员均免除本人的徭役赋税,对贫困生还给予养家的补贴,以便他们能专心治学。

正式考试有乡试、会试和殿试三个阶段,常科每三年举行一次。乡试每逢农历子、卯、午、酉年秋八月在各省城举行,皇帝也可以在非常科年份决定开乡试,称为恩科。乡试的考场称为贡院。考生为本省各府州县学的生员,俗称秀才。考中者称为举人,即获得本省推举进京参加会试的资格。会试于第二年春二月在京城贡院举行,考中者已是实际上的进士,立即准备参加殿试。到清代中叶后,殿试固定于4月21日在保和殿举行,只考策问一篇,考生按一、二、三甲排定名次,一甲只有三名,即状元、榜眼和探花,称进士及第;二甲一般占考生的三分之一左右,称进士出身;其余为三甲,称同进士出身。

明清乡试和会试都是考三场,每场间隔两天。一般是头场考经义,后两场分别考诗赋论策或其他公文的写作。实际上是以头场成绩作为录取与否的主要依据。经义又称制义,是一种以四书五经,主

贡院是清代科举制度中举行乡试的场所,考中者称举人。图为清朝的南京秦淮贡院。考场内数十间甚至百余间为一列,多达百余列,形如长巷。应试者按编号进入,参加考试,相互隔绝,以防作弊。

要是以四书内容命题的作文，它有严格的内容和形式要求，写作宗旨"代圣人立言"，也就是说考生不是以自己的名义作文，而是代替圣人起草文章，因此必须领会圣人的意思，以圣人的口气讲话，在观点上必须符合朱熹《四书集注》等官方规定的经典教材。文章的正文要求分为八段，即八股，两两对偶。所以又称为八股文。这些规定使考生只能拘泥于八股套式之中，严重束缚思想和才气的发挥。

贡院即贡士院，是为科举考试而修建的专用考场。贡院布局谨严有序，气势宏大，在京城中贡院是规模仅次于皇城（故宫）的建筑群，各省会城市中贡院则是最大的建筑群，是无形的科举制度的有形体现。贡院平时关闭，乡试会试时派兵看守，并且先要进行检查，防止有人在里面预先藏好文字。京城和各省贡院多坐落在城东或东南，取东方文明之意，整个建筑群坐北朝南。北京贡院是会试及顺天府乡试的考场。贡院大门前有"天开文运"牌坊。二门正中悬"龙门"大匾，龙门往北，依次是明远楼、至公堂，为考官办公之处，还有登高瞭望的哨所，以监督整个考场的秩序。考生只能走贡院东西砖门，而且要验明正身，例行搜检，才能进场。自龙门到至公堂的甬道两侧都是考场，分布有一排排的号舍，依次按《千字文》顺序编列。各省贡院号舍的多少不等，少的三四千间，多的有一万六七千间，号舍将近一万间。人文繁盛的江南贡院（秦淮贡院），与在明清时期被称为"北闱"的顺天贡院遥相呼应，被称为"南闱"，在明清两代曾是中国最大的科举考场，清末最多时有号舍20 644间，许多"江南才子"和一甲进士都从其中脱颖而出。全国半数以上的状元，都出自这个考场，唐伯虎、郑板桥、吴敬梓、曾国藩、左宗棠、李鸿章、陈独秀等历史名人均与江南贡院有着渊源。数以万计的学子每年来此求取功名，为他们进行配套服务的衣食住行等各行业也随之兴盛，秦淮遂成为明清两代中国的繁华之地。

考生的生活是相当辛苦的，每人独居一间号舍，进行全封闭式的考试。号舍十分狭小，勉强容下一人，内有可以移动搁置的木板数块。白天，将木板分开，上层是桌，下层是凳。晚上，将木板并在一起，又成了卧榻。考试整天进行，吃喝拉撒全在其中，其滋味不亚于坐监牢。考生应考时除必备文具外，还需携带生活用品：提篮、食盒、食物、饭碗、蜡烛，甚至便器、卧具、取暖用炭等等。乡试已是中秋时分，会试更当秋寒料峭，而且当局为防止将作弊材料偷带入考场，对考生的衣着及携带物品有严格规定，总的来说是要求尽量单薄、透彻，所以，考生饥寒交迫是在所难免的。故历来有"三场辛苦磨成鬼，两字功名误煞人"的感叹。

科举作为中国古代特有的官员选拔制度，是学而优则仕在制度上的保证，也确有客观公正的制度特点，从而大大激励起士人的学习积极性，促进了教育事业的发展和兴盛。那时每一个中国家庭无不把男孩子读书视为头等大事，以致五尺童子耻不言文墨。中国成为当时世界上读书人最多的国家。但同时也使教育成为科举的附庸，构成典型的应试教育模式，学用不一致的矛盾也十分突出，带来严重的消极影响。科举考试内容单一，明清时只要求熟记四书五经，并采取死板的八股文形式。随着社会的发展，科举考试仍然以诗书取人，却责以理财、典狱、治水、防灾，自然难于胜任。由于"学非所用，用非所学"，结果是"野皆愚民，庠皆愚士，朝皆愚吏"。如中国通过科举而荣登大学士高位的徐桐，被认为是大清国学识最渊博的高官，却拒不承认世界上有许多国家，他竟然对皇上说："西班有牙，葡萄有牙，牙而成国，史所未闻，籍所未载，荒诞不经，无过于此。"

2) 学校制度

中国在4000多年前就有了学校。夏朝把学校分成了四个等级，按级别叫做"学"、"东序"、"西序"、"校"。后来的朝代还有在王府里设立的学校，叫"辟雍"、"成均"等。在封建时代，有一整套中央和地方官学系统，同时，又有大量私学，作为官学的补充。

国子监是元、明、清三代的最高学府。古时称成均，后称太学，唐代始名国子监。元成宗大德十年，即1306年，于大都城东新建的文庙旁修建国子监新校舍，两年后建成。初名国子学。明洪武年间改称北平郡学，永乐年间改称国子监，又称北监(有别于南京国子监)。清代扩建。明清两代也以此处为国子监，也就是太学、国学。算学、律学、书学被排除在国子监之外。与唐宋时期一样，明清国子监既是教育的管理机关，又是培养封建官僚的最高学府。国子监的学生待遇优厚，管理严格。清代国子监的学生也通称为监生，因其资格不同，又分为贡生和监生。贡生指各地官学选出来上贡给朝廷的学生，意思是以人才贡献给国家，俗称"明经"，已经具有了秀才身份。监生是指国子监自行招收的学生。清代国子监也接受外国留学生。

乾隆四十八年，即1783年，于国子监中央建成辟雍，成为国子

1901 年八国联军占领北京期间的国子监辟雍。院落内冷冷清清，杂草丛生，一片凄凉景象。

监的主建筑，也是除皇宫三大殿外最显赫的宫殿。是皇帝讲学的地方。辟雍前的琉璃牌坊，正面题字"圜桥教泽"，背面题字"学海节观"。整个建筑是仿西周天子之学辟雍的规制而建，中间是方形殿堂，外面环绕圆形水池，其造型在全国是独一无二的，它象征"规矩成方圆"之意，也表示教化流传四方。辟雍建成后，乾隆帝亲临视察，并在殿内主持讲学，当时听讲的百官、师生及各方观摩者有三千多人。国子监还招收朝鲜、琉球、俄国等外国学生。

1898 年戊戌变法时，建立了京师大学堂，国子监的最高学府地位已不复存在。1905 年清政府成立学部，作为中央教育行政机构，同时裁减国子监教官和师生编制，只保留文庙祭祀和日常维护的职能。民国成立后，国子监被撤销。

明清的地方官学，普遍设立于全国所有的府、州、县，以及相应级别的特殊行政建制厅、卫、所等，构成健全的地方教育体系，从而有条件实现"取士皆由学校"的儒家古训。明初还允许自学成才者报考科举，后来则限定科举乡试的考生必须有府州县学生员的身份，俗称秀才。这样就将选才与育才紧密结合起来，使科举与学校教育融为一体，大大推进了地方官学教学管理的制度化，然而，也使地方官学完全成为科举的预备场所，所进行的完全是应试教育。

建在北京安定门内的明清顺天府学，是地方官学中的"天下第一学"，明清的地方官学，是士人走上求功名之路的第一站。

3) 书　院

　　书院是中国古代一种颇具特色的教育机构。它集藏书、讲学和学术研究活动于一身，成为古代高等学府的一个典型类别，又是推动一方学术文化发展的重要基地。书院最早见于唐代。北宋有六大书院最著名。它们是建在庐山的白鹿洞书院，约公元800年前后，洛阳人李渤兄弟在此读书修行，相传李渤当时随身豢养了一只白鹿，所以人们称这个地方为白鹿洞，北宋时成为书院；岳麓书院，在长沙岳麓山下；应天府书院，又称睢阳书院，在河南商丘县；嵩阳书院，在河南登封县；石鼓书院，在湖南衡阳的石鼓山下；茅山书院，在江宁府三茅山后。明代不再将书院归到官学体制中，但严格加以控制，稍有失控，就下令取缔，全国性的禁止和捣毁书院就有四次。明末的无锡东林书院独树一帜。清代前期仍不支持书院兴办，雍正以后才开始鼓励办书院。但绝大部分书院是以学习科举之业为主的，只是官学的辅助或补充而已。

　　书院的教学以藏书为基础，书院学生以读书自学为主，也提倡师生之间和学生之间相互讨论。书院的集体教学活动主要是讲学，学生可以自由前来求教听讲。书院搞讲学活动也不限于自己的教师，甚至可以邀请不同学派的学者来书院讲学。书院还建立了讲会制度，师生聚会一堂，各抒己见，畅所欲言。为此书院要提供充足的斋舍，这也是与一般官学和私学不同的地方。一般官学学规多为禁令惩办性质的条规，书院学规重在引导，指明学习和道德修养的基本方法和原则。书院多设在风景优雅之处。

白鹿书院。位于江西星子县庐山五老峰下，始建于宋代，是中国古代书院中影响最大的一座。

2.封建教育的没落

鸦片战争前，清王朝已开始没落，教育仍然保持传统封建教育的旧制，日益空疏、腐败。教育制度在形式上虽然与前清时期一脉相承，有相当完备的学校系统，然而，除初等教育和部分私学进行正常教学外，大多数官学已徒具其名，很少进行教学活动了。科举制度也日趋腐败，流弊百出。《四书》中可以出的题目大多出尽，于是便出一些"截搭题"、"枯窘题"来刁难考生。考试文体严格规定必以八股为体裁，书写字体必用小楷。在考试过程中，各种舞弊行为层出不穷，手段花样百出，其中，"通关节"、"冒名顶替"、挟带、联号换号等是常用的形式。前清时期对科举舞弊的防范和打击还相当严厉，但至清末，各种科举舞弊重新泛滥，愈演愈烈。科举制度的腐败，使得学校教育更为腐朽与衰落。

有识之士要求振兴教育。思想家龚自珍指出当时教育的弊端主要表现在三个方面：一是内容陈旧、空疏。二是学非所用，用非所学。学的是经史之学，作官后面对的却是兵、刑、钱、谷之类的实际事务，二者对不上口，学问也用不上。三是培养出来的人胸无大志。由于多数人求学就是为了谋取功名利禄，在经历艰苦的科场拼搏后，等做了官已经是年过韶华，精力衰退，加上官场升迁又多是论资排辈，于是官员往往安于现状、不求进取，只是求循资序而已。他在《乙丙之际著议第九》中，慨叹当时已是个衰世，整个社会培育不出可用之才，其结果是"左无才相，右无才史，阃无才将，庠序无才士，陇无才民，廛无才工，衢无才商"。不但如此，甚至小巷里也没有一个有点才气的"小偷"！整个社会智能程度极为低下。于是，他愤懑疾呼："我劝天公重抖擞，不拘一格降人才。"他要求培育变革的人才，使腐败的衰世变成一个有生气的治世。

鸦片战争后，传统学术及教育的空疏无用暴露无遗，要求改革教育的呼声更高了。魏源提出师夷之长技以制夷的思想，成为近代教育改革在观念上的先导。西方教会学校在中国东南沿海出现，并逐渐向内地辐射，对我国教育也产生了刺激作用。

3．洋务教育

从 19 世纪 60 年代到 90 年代中期，是洋务运动产生和发展的时期，也是中国新式学堂开始创办的时期。新式学堂是洋务运动的产物，因此都是从事专业技术学习，而且集中在外语和军事两大系列。

中英《天津条约》中规定，今后正式文本一律用英文书写，凡英汉文字兼有的文件，如果在词义的理解上产生分歧，均以英文文本为准。这些歧视性的规定，迫使清政府作出了开办外国语学堂的决定。1862 年 6 月，在恭亲王奕䜣的主持操办下，京师同文馆正式建立，它是一所外语专门学校。最先开设的是英文馆，第二年春，法文馆和俄文馆也相继建立，德文馆设立于 70 年代中期，甲午中日战争后又设立了日文馆。它是中国人自办的第一所近代新式学校，但从一开始就被操纵在西方入侵者手里。英国人赫德是促成同文馆设立的关键人物，人称同文馆的"父亲"。美国传教士丁韪良自 1869 年至 1894 年，任京师同文馆总教习长达 25 年之久。同文馆学制为八年，外语贯穿始终，有逐年递进的翻译水平的要求。自三年级开始，逐步学习各国地理、历史、数学、物理、机械、航海天文测算、国际法、财政经济等。1898 年，在戊戌变法高潮中，京师大学堂成立，同文馆的科技教育部分归并于京师大学堂。1902 年，京师同文馆完全并入京师大学堂。京师同文馆在中国近代教育史上是改变封建传统教育的首次尝试，是中国半殖民地半封建教育的开端。其他还有：1863 年江苏巡抚李鸿章奏请设立的上海广方言馆；1864 年设立的广州同文馆；1887 年新疆巡抚刘襄勤奏请仿照京师同文馆章程，"挑选学徒于省城设立新疆俄文馆"；1888 年台湾巡抚刘铭传在台湾设立西学馆；1889 年吉林将军长顺等奏请在珲春设立俄文馆，专门培养俄文翻译；1893年湖广总督张之洞奏请在武昌开办湖北自强学堂。

洋务派从第二次鸦片战争失败的教训中认识到，中国的军备武器远远落后于西方列强，要抵御列强的侵略，就必须师其所长，夺其所恃，培养军事和技术人才，发展自己的军事工业。这方面有李鸿章1880年创建的天津水师学堂、1885年创办的天津武备学堂，张之洞1887年创办的广东水师学堂，曾国荃1890年创办的江南水师学堂。清同治五年（公元1866年）6月，闽浙总督左宗棠奏准于福州马尾设船政局，并附设船政学堂，亦名"求是堂艺局"，以培养中国自己的制造和驾驶轮船的人才，是中国最早的近代技术学校。

继福建船政学堂建立的技术学堂主要有：1867年上海江南制造局附设机器学堂，以培养机器制造的人才。1876年丁日昌在福州创立电气学塾，培养电报人才，是为我国最早的电报学堂。1880年，北洋大臣李鸿章奏请创立天津电报学堂。1882年因急需电报人员，又创立上海电报学堂。1891年北洋大臣李鸿章在天津开办总督医院属医学校，并于1893年将该校扩充为天津西医学堂，这是我国近代最早的官办西医学堂。1892年，湖北矿务局设立工程学堂。1895年，津榆铁路公司在山海关创办山海关铁路学堂，这是我国最早的铁路学堂。1896年，两江总督张之洞奏请在江南水师学堂附设铁路学堂。同年张之洞又在南京创办储才学堂，后改为江南高等学堂。1898年，湖广总督张之洞奏请在湖北省城设立农务学堂，又奏请在洋务局内设立工艺学堂。同年，江南盐巡道胡云台在南京仿军事、电报、铁路等学堂之例，创设南京矿务学堂，聘请泰西著名矿师任教，专习矿学各书，训练开矿技师。私人创办的新式学堂，最早有徐寿创办的格致书院（1874年）。电报学堂、医学堂等，往往首先是为军事服务的。

新式学校的教育内容和培养目标都不同于传统教育，打破了封建传统教育的一统天下，成为中国自己培养出第一批新型专业技术人才的摇篮，但由于没有普通教育的基础，发展受到很大限制，构不成自身体系，只能说是传统教育之外的补充和点缀而已。

4．近代中国的留学教育

　　洋务运动时期的洋务教育除了开办洋务学堂以外，还开拓了我国近代的留学教育。近代中国最早的留学活动是由教会学校组织的。1847年，马礼逊学堂的美籍校长布朗博士回国休假，带容闳、黄盛和黄宽3人到国外留学。黄宽赴英国爱丁堡大学学医，成为中国第一位西医。容闳入耶鲁大学深造，于1854年毕业。容闳回国后，一直为促进学习西方科学文化而努力奔走。进言办理留学教育的计划，曾国藩表示赞许，并与李鸿章等联名上奏，清政府批准了这一建议，派当过翰林的刑部主事陈兰彬任监督，容闳任副监督。按计划每年派出30人，4批共120人。学生从十三四岁到20岁止，多为南方子弟。在美国学习15年，主要是学习军政、船政、制造、测算等专业，可见仍是洋务教育的延伸。为了使留学教育能长期延续下来，容闳专门购建了一所留学事务所，使中国官员有了办公场所，也为幼童学习和生活提供了方便。留学生须受监督的严格管制，学习五经、清朝律例、《圣谕广训》等，甚至早晚还要拜孔子牌位。但留学生身在国外，环境的耳濡目染使他们越来越反感封建礼教的束缚，与管理当局的对立在所难免。1881年，思想顽固的继任监督吴子澄认为学生沾染"洋气"太重，即便将来学有所成，也无益于封建王朝，还可能成为社会危险分子，于是

清代部分留美中国学生与使馆官员在纽约的合影。

请示朝廷，将学生全部召回国。另外一个原因是容闳致书美国政府，申请选送程度已高的学生入美海陆军学校，竟遭拒绝。首次赴美留学就这样中途而废。但这些回国留学生许多人成为国家的栋梁人才。据高宗鲁《中国幼童留美史》的统计，第一批留美学生中，后来担任总理、外长及各级军政官员的占53％，作教师、工程师、技师、医生、律师等专业工作的占44％。在外交界供职的就有16人，其中梁敦彦1908年升任外交部尚书（部长），唐绍仪任外交部右侍郎（副部长）、奉天巡抚、中华民国第一届内阁总理。从事技术工作的，有修筑京张铁路的工程师詹天佑，周万鹏等人则是我国电报通讯事业的最早开拓者。

留学的另外一个地点是欧洲。1877年，福建船政学堂正式派遣的第一批留欧学生在监督李凤苞、日意格的带领下出发赴欧留学。其中前学堂学生郑清濂、罗臻禄等12人，艺徒裘国安等4人，去法国学习制造；后学堂学生刘步蟾、林泰曾、严宗光（严复）等12人，分赴英国、西班牙等国学习驾驶。随员马建忠和文书陈季同进入政治学堂学习外交和法律。1881年12月，1886年4月，1897年6月，福建船政学堂又选派了三批留欧学生。李鸿章还派出武弁7人，赴德国学习兵技。1890年，总理各国事务衙门奏准，出使英、美、法、德、俄五国的大臣，每届可带学生数人，一边在使馆工作，一边向驻在国学习。这些学生中，马建忠成为近代著名的改良主义思想家，留英学生严复，译述了宣传进化论的名著《天演论》，为中国近代改革提供了影响巨大的思想武器。

甲午中日战争后，日本的崛起极大地震撼了中国，学习日本的经验，成为中国人寻求富强之路的一个主要着眼点。1896年，清政府驻日公使裕庚在上海、苏州一带招募了13名学生带到日本，官派赴日留学由此开始。在上一个世纪之交，中国赴日留学生每年以几何级数的倍数增长，到1905年已增至8000多人，成为到此时为止的世界史上最大规模的学生出洋运动。

清末留日学生，以寻求救国之道，从事社会政治领域研究的居多，像鲁迅、郭沫若，原来是学医学的，后来也弃医从文了。近代许多革命家，都是在留学日本时坚定了投身革命的志向的。1906年，蒋介石的母亲变卖了首饰和所有值钱的家当送儿子东渡。在这前后的留日学生还有邹容、陈天华、章太炎、黄兴、廖仲恺、宋教仁、吴玉章、阎锡山等等。1911 年组织武昌起义的湖北革命军总指挥蒋翊武，以及打响武昌起义第一枪的熊秉坤，也曾是留日学生。孙中山在日本组织同盟会，参加的留日学生占到 90% 以上。留日学生多从事文化及政治活动，并传入社会主义。

中国人留学日本的热潮也刺激了美国人。美国人希望通过影响中国人才的途径来影响中国的未来及美国在华的长远利益，愿以退还庚子赔款"余额"的名义在中国办学。于是清政府在清华园办"游美肄业馆"，是一所留美预科学校，即清华大学的前身。中美双方商定从 1909 年起的四年中，每年至少应派留美学生 100 名，以后每年至少派 50 名，直到退款用完为止。那以后中国人留学美国或留学欧洲成为主潮，他们中有梅贻琦、竺可桢、侯德榜、胡适、陈寅恪、马寅初、华罗庚、钱学森、钱三强、钱伟长、钱钟书、邓稼先、周培源、费孝通、茅以升、高士其、陈省身、巴金、曹禺、季羡林……这许多群星灿烂的名字，不胜枚举。留美学生在学术和教育的领域有很高的成就。

1912 年留法俭学会建立，倡导者是李石曾。留法俭学会主要是为自费赴法国留学的人承担组织事宜，帮助学生节约开支。但仅靠节流不如同时开源，也就是通过做工来挣钱助学，勤工俭学运动由此开始。

蔡元培于 1915 年为《勤工俭学传》写了序言，精辟论述了做工与求学对人的发展的重要意义。第一次世界大战期间，欧洲各国劳工缺乏，尤以法国为最，因此赴法国成为勤工俭学的主体。1916 年，蔡元培、李石曾等人与法国同仁联合创办法华教育会，为赴法国的中国留学生提供学习和做工的条件。

为留法勤工俭学打基础和做准备，在国内还设立了相应的预备学校。又设立了留法高等工艺预备班，开设法文、铁工和木工实习，及有关的机电、动力、绘图等技术课程，为学生去法国既打下了做工的基础，又打下了学习的基础。勤工俭学运动造就了一大批人才，特别是中国共产党早期的一批领导者，如周恩来、邓小平、李富春等，都是在勤工俭学中接触到马克思主义真理，而成为无产阶级革命家的。留法学生回国后对工人运动的推动十分热衷。

5．书院的改革

　　清中叶后，全国各州县都有书院，少则一二所，多则十余所，到同治、光绪年间仍在不断出现新办的书院。但书院基本上都染上了官学的沉疴："山长以疲癃（老病）充数，士子以儇薄（轻薄）相高，其所日夕伊吾（读书）者，无过时之帖括（八股文）。"已沦为科举附庸，不但不能适应社会的变化，而且几乎完全丧失了自由讲学、研究学问、质疑问难的良好学风，难以发挥其在培育人才、研究学问等方面的积极作用。

　　清末，书院在中国传统教育领域中率先开始近代化改革。19世纪80年代已有个别地方试行书院改良。此外还另建新型书院，最早是1876年开学的上海格致书院，它是由江南著名的"新学"士绅徐寿和英国传教士付兰雅发动中西人士集资筹建，聘请西方学者教授格致之学（即自然科学技术）。百日维新时，清政府下令"各省、府、厅、州、县现有之大小书院，一律改为兼习中学西学之学

1906年张之洞在原两湖书院旧址上办湖北两湖师范学堂附属小学，图为该校学生合影。

校。至于学校等级，自应以省会之大书院为高等学，郡城之书院为中等学，州县之书院为小学"，但没有实行。1901 年 8 月清廷下令将各地所有书院一律改为学堂。其中省城的大书院改为高等学堂，府城的大书院改为中等学堂，其他书院改为小学堂。至此，东方模式转变为西方模式，延续千年之久的中国古代书院结束，以后虽仍有以书院命名的，但已是属于新教育范畴了。

6.戊戌变法时期的教育

　　学校教育划分为相互衔接的高等、中等和初等三个段，是近代社会生产和科学文化发展的产物。中国古代虽有大学、小学之分，但在学业上并无必然的系统衔接。中国自办的新教育是从创办专业技术学校开始的，可想而知，没有普通教育作基干，就不可能有新的教育体系，即便是专业技术教育，也无法保证有正常的发展，因此，普通大、中、小学的创办是势在必行的。率先实施者是洋务派官僚、企业家盛宣怀，他建立的天津西学学堂和上海南洋公学是中国最早的分阶段的新型普通学校。而作为戊戌变法最重要成果的京师大学堂，则是附属有中小学在内的全国最高学府。

　　除京师同文馆外，早期的新式学堂几乎都是在外省建立。随着教育改革的深入人心，要求在京城建立最高学府的愿望也越来越强烈。1896 年刑部侍郎李端棻上奏朝廷，首次提议设立京师大学堂。1898 年京师大学堂终于在百日维新中建立。1898 年，光绪帝下诏废除八股文。1898 年 7 月，光绪帝下诏，批准了由梁启超起草的《京师大学堂章程》。《京师大学堂章程》共分 8 章 54 节。学习宗旨是"中西并用，观其会通，无得偏废"。按照梁启超起草的章程，京师大学堂引进了当时西方先进的教育学制，除经学、理学外，还设立了数学、商学、医学、工学、矿学、政治学等 25 门课程。学校另设师范斋，还附设中小学。章程还规定"各省学堂皆归大学堂统辖"，这样，京师大学堂不仅是最高学府，还具有教育行政机关的职能。朝廷派管学大臣一人作为最高领导，聘用总教习主持教务。第一任管学大臣是孙家鼐，第一任中文总教习是许景澄，西文由主持京师同文馆多年的美国人丁韪良担任。1910年的总监是劳乃宣（1843—1921，近代著名语言文字学家，古算学家。字玉初，号蕖斋，晚号韧叟。浙江桐乡人。同治进士。1910年任资政院议员，并任京师大学堂总监、学部副大臣及代理大臣。 劳乃宣提倡汉字简化和拼音化，提倡以北京话为基础统一中国语言，对此后的汉字语言工作有重要影响）。

义和团运动和八国联军侵占北京，京师大学堂停办。至1902年初，清政府下令恢复京师大学堂，任命张百熙为管学大臣。张百熙大力兴学，扩建校舍多处，还建立了藏书楼。京师大学堂的师范馆也于当年正式建立。10月12日首次招生，师范考生由各省选送，大省7人，中省5人，小省3人，首批录取56人。至1910年，京师大学堂下设文科、法政科、格致科、农科、工科等8大科，开中国大学下设学院之先河，真正成为综合大学。辛亥革命后，京师大学堂改名为北京大学。首任北大校长就是当时赫赫有名的大思想家、翻译家严复。京师大学堂医学馆成为后来的北大医学院，师范馆则独立为北京高等师范学校，也就是北京师范大学的前身。

1897年筹办的京师大学堂是我国近代最早的大学。图为1910年京师大学堂师生合影。前排左起第五人为总监劳乃宣。

7. 清末新政时期的教育

1) 废科举 兴学堂

科举制度一直是清末影响新式学堂发展的重大障碍，随着新学制的建立，改革和废除科举制度势在必行。清末科举从改良到废除大体经历了三个阶段：增新阶段，主要是在不触动原来的考试制度及科目的情况下增添一些"实学"考试科目。1875年，礼部奏请增加算学的考试科目，由于着力论证算学本是传统"六艺"之一，不属西洋专利，才得以通过。但直到1887年，才将明习算学人员归入"正途"考试，给予科举出身。革旧阶段，百日维新中废除八股考试而改用策论。废除阶段，戊戌政变后八股取士制度虽一度复活，但1901年清政府推行"新政"又明令废除八股取士。同年7月，张之洞、刘坤一在《变通政治人士才为先遵旨筹议折》中提出"递减科举取士之额，为学堂取士之额"的建议，为清廷所采纳。1904年1月，张百熙、荣庆、张之洞共上《奏请递减科举注重学堂折》，"呼恳天恩，明降谕旨，布告天下，将科举旧章量为变通。从下届丙午科起，每科递减中额三分之一，暂行试办"，并且预计，"俟末一科中额减尽以后，即停止乡会试。"递减科举中额是为了采取平稳过渡的方法来渐渐废除科举制度。但只要科举考试制度存在一天，对天下学子就有强烈的诱惑力，新教育制度就难以巩固和发展。有鉴于此，到1905年，袁世凯、赵尔巽、张之洞、周馥、岑春煊、端方等各省督抚联合奏请立停科举以广学校，清政府为大势所趋，于1905年9月2日（光绪三十一年八月四日）上谕："着即自丙午科（1906年）为始，所有乡会试一律停止，各省岁科考试亦即停止。"科举制度终告完全废除。这是中国教育史上一件大事，它标志着封建主义旧教育形式上宣告结束，半殖民地半封建的教育制度在逐步形成。中国近代教育从此进入一个新河北成安县学堂。

的发展时期。

科举废除，意味着由封建王朝扶植的"学而优则仕"的传统教育体系的彻底崩溃，旧式学校或消亡，或改制。而对新兴的近代教育事业来说，则意味着消除了最大的障碍，各地纷纷开始兴学。小学主要是利用原来的书院、义学和私塾改建。除官方兴学外，私人办学也很踊跃。1898年经元善创办经正女学，是国人办的最早女校之一。1898年严修聘请张伯苓在天津办学，发展成为后来著名的南开学校。张謇是1895年科举状元，他放弃仕途而致力于办实业、兴教育。他于1902年创办的南通师范学堂，是中国最早独立设置的师范学校。到1909年，全国学校总数 52 000 多所，比1903年增加73倍，在校学生总数 156.2 万人，比1902年增加 225 倍。六七年内发展到如此规模，可以说是相当巨大的成就了。

清朝末年的天津教育品陈列馆。

历史学家吉尔伯特．罗兹曼是这样看待废科举的：２０世纪中国所遭遇的机遇与挑战都与此有关；它让中国人在探索社会问题时大胆转向了外部世界，它致使更多的年轻人出国留学，并带回了各种

新观念与新力量；它割断了地方与中央政权的联系，它既加速了中央官僚体系的腐败，又为未来的军阀割据提供了基础；它导致了地方资源的再分配，地方的领导者由那些曾经的中国绅士逐步蜕变成"劣绅"；它阻碍了社会流动，使城市与乡村间的界线被固定，社会的整合能力减弱了；它还引起了文化上的中断感……

2）癸卯学制

　　新学制的建立是清政府推行"新政"的重要内容。到 19 世纪末 20 世纪初，中国近代教育已初具规模，尤其是百日维新的教育改革，在中国形成了初等、中等到高等教育三级学校系统，成为近代学制的雏形。

　　中国近代教育史上最先制定的系统的学校制度，是光绪二十八年（1902 年）张百熙拟定的《钦定学堂章程》。章程包括《京师大学堂章程》、《考选入学章程》、《高等学堂章程》、《中学堂章程》、《小学堂章程》、《蒙学堂章程》。它将普通教育划分为三段七级，此

清末广东学堂礼堂。

清末江苏高等中西学堂测绘部学生合影。

清末江苏高等中西学堂中文部学生合影。

外还有实业学堂、师范学堂、仕学馆等。因1902年为壬寅年，故这个学制称壬寅学制。壬寅学制虽经正式公布，但并未实行。第二年，即光绪二十九年，又由张百熙、张之洞、荣庆拟定了《奏定学堂章程》，对学校系统、课程设置、学校管理都作了较为详细的规定，并于1904年1月在全国正式颁布施行，成为中国近代第一个经正式颁布又实际推行的学校教育制度。因其公布于癸卯年，故又称"癸卯学制"。

癸卯学制从纵的方面把整个学程分为三段七级。第一段为初等教育，分为三级，其中蒙养院4年，初等小学5年，高等小学4年。第二阶段为中等教育，仅中学堂一级，5年。第三阶段为高等教育，亦有三级，即高等学堂（大学预科，分为三类：第一类为经学、法学、文学、商学大学的预科，第二类为格致科即理科、工科、农科大学的预科，第三类为医科大学的预科，分别有自己的课程体系）3年，分科大学堂（大学本科，分设八科：经学科、政治科、文学科、医科、格致科、农科、工科和商科）3至4年，通儒院（大学本科后教育，设在京师大学堂内，由分科大学堂毕业生升入，无规定科目，以"造就通才"为目的）5年。儿童从7岁入小学，到通儒院毕业，共计26年。横的方面除直系各学堂外，另有师范教育和实业教育两个系统。师范教育分为两级：初级师范学堂每县设

保定师范学堂建于清末，称直隶第二师范学堂（天津师范学堂称直隶第一师范），位于保定西关，1928年后改为河北省立第二师范。

1902年清朝政府在保定建立直隶高等农学堂。图为该校学生实习春耕播种。

立一所，招收高小毕业生，培养初小、高小教员，学习普通学和教授、管理学。完全科学制五年，另有一种学习一年的简易师范科。优级师范学堂（又称师范馆）设于京师和省城，招收初级师范学堂或中学堂毕业生，培养初级师范学堂及中学堂教员和管理员。学制三年，初入学学公共科，二年级开始学分类科，完成分类科学习后可选修加习科。两级师范分别设附属小学或附属中学，供师范生实习用。实业教育分为三级：初等实业学堂（又称简易实业学堂）相当于高小程度，中等实业学堂相当于中学程度，高等实业学堂相当于高等学堂程度，均招收下一级普通学堂的毕业生，也就是说各级实业学堂自身并不衔接，只是普通教育的分流而已。实业学堂分为农业、工业、商业和商船四科，学制一般均为三年。

从学制看，延续时间过长，仍没有女子教育的位置。从课程设置看，传统的中国经学教育内容仍占很大比重。尽管癸卯学制带有浓厚的封建色彩，但从性质上说，它毕竟属于近代新学制的范畴：它具有完整的、上下衔接的学校体系，学习近代自然、社会和人文学科，规定统一的学习年限，实施班级授课制，编制了专门的教科书，这些都与封建传统教育有本质区别。癸卯学制的颁布结束了中国延续了两千多年的封建传统教育体制，在教育史上具有划时代的意义。

3）建立教育行政机构

1905 年底，清政府效仿日本文部成规，正式建立学部，作为中央教育行政机构。并将原来的国子监并入。次年（1906 年）学部奏定官制，建立内部组织机构，并定以相应的规范。中国近代中央教育行政体制才逐渐完备。

科举废除后，原各省学政的主要职能不复存在。1906 年 4 月，清政府根据学部奏请，决定各省裁撤学政，改设提学使司，统辖全省学务。提学使司的办公机构称学务公所，置议长一人、议绅四人，协助提学使参赞学务，并接受督抚咨询。学务公所下设总务、专门、普通、实业、图书、会计六课，各课设正副课长各一人，课员一至三人。整个提学使司的编制不过二三十人。

1906 年 5 月，学部奏定，在各厅、州、县建立劝学所，管辖本地学务。设视学一人，由省提学使委派曾出洋留学或曾习师范者担任，地方官监督办理学务。采取划分学区的方式，以城关为中区，次第扩展到四方乡镇村坊，约三四千家划为一区。视学兼

清朝末年的天津习艺所。

清朝末年贵州全省农林学堂畜牧科学生开学合影。

任学区总董，每区设劝学员一人，由地方官委派品行端正、留心学务者担任。各村推举学董，负责就地筹集款项，按学部规定的程式办

学。至此，从中央到基层的教育行政体制建立。

4）厘定教育宗旨

　　清末教育宗旨正式颁布的标志，是1906年由学部奉上谕公布"忠君、尊孔、尚公、尚武、尚实"。学部在《奏请宣示教育宗旨折》中，阐明五项宗旨的重要性，认为"忠君"、"尊孔"是"中国政教之所固有，而亟宜发明以距异说者"，"尚公"、"尚武"、"尚实"则是"中国民质之所最缺，而亟宜箴砭以图振起者"。所谓"尚公"，是要"务使人人皆能视人犹己，爱国如家"；所谓"尚武"，是要求"凡中小学堂各种教科书，必寓军国民主义"，并设体操一科，使"幼稚者以游戏体操发育其身体，稍长者以兵式体操严整其纪律"；所谓"尚实"，要求教育能"勖之以实行，课之以实用，……以期发达实科学派"，"必人人有可农可工可商之才。"这五项教育宗旨的精神仍然是中学为体，西学为用。而且没有顾及到对个人品质健全发展及个人生活改善的需求。这五项教育宗旨的颁行，对于全国各级各类学堂的办学方向、课程设置、人才培养都起了导向作用。

8.兴女学

传统教育没有女子教育的位置。女子受教育是中国妇女觉醒，摆脱传统女性生活方式的第一步。中国的妇女解放运动就是从兴女学开始的。

1844年，英国东方女子教育协进会会员、传教士爱尔德赛在宁波创办女塾，是近代外国人在华设立的最早一所教会女学。我国近代第一所国人自办的女校是1898年经元善在上海创办的经正女学。1902年4月，蔡元培与上海教育界人士发起成立中国教育会，由蔡元培任会长。同年，由中国教育会出面，创办了爱国女校，蒋观云为首任经理（校长），他离国去日本后，由蔡元培自任。第一批学员仅10人。次年爱国学社成立，开始动员社员各劝其姐妹就学，学员才多了起来。办学主旨是"并不取贤妻良母主义，乃欲造成虚无党一派之女子"，学校为"高才生讲法国革命史、俄国虚无党历史，并……讲授理化、学分特多，为训练制炸弹的预备。

1902年蔡元培和蒋观云等在上海创办爱国女校。图为该校教职员与学生的合影。

年长而根底较深的学生……亦介绍入同盟会，参加秘密小组"。加强对女子的国民意识和尚武爱国教育，这也是当时女学教育的一个显著特点。当年的《女国民歌》唱道："明明明，20世纪大汉女国民。激昂慷慨赴前程，觥觥自由魂。"1904年秋，公布了《爱国女校补订章程》，以"增进女子之智、德、体力，使有以副其爱国心为宗旨。"这是中国第一个公布并实行了的近代女子教育宗旨。爱国女校的女学生在辛亥革命时期发挥了很大的作用。

　　癸卯学制制定时仍然没有女子教育的位置。当局坚持封建礼教，认为女子还是只能接受家庭教育。近代学校体系建立后，不可能将占人口一半的女性排斥在外。1907年，学部颁发《女子小学堂章程》，开放了女子初等教育，中华女子教育由此取得合法地位。但女子初小和高小各比男子少1年，仍然不平等。由于女校必须由女教师任教，于是同时又颁发了《女子师范学堂章程》。女校不仅单独设立，而且管理是高度的封闭式，男性只能担任外勤工作，年龄须在50岁以上，在校外选址办公，非确有必要不得入校。可见封建的男女大防仍然得到严格遵守。到民国初年，除了女子师范学校外，各省各县几乎均设立女子中学、小学。1915年全国女学生约18万人。

1911年5月17日，女子自振崇实会初次游艺会。

三、两足并立：卫生

1. 西医的传入

　　西方自文艺复兴以后，医学开始了由经验医学向实验医学的转变。近代医学开始迅速发展。明末清初，来华的传教士把基督教带到中国的同时，也带来了西方近代科学和医药学。西医对中国医学真正发生影响是在19世纪初，西医的牛痘接种法以及外科和眼科治疗技术传入中国。随着西医传入的扩大，近代西医学的许多成就相继引入中国，从而为西医在中国的发展奠定了基础。

　　鸦片战争改变了中国原有的历史进程和社会性质。鸦片战争后，教会医院由沿海进入整个内地，几十年间教会医院在各地比比皆是，成为和教堂一样引人注目的教会标志。广州是近代中国最早与西方世界接触的前沿，也是西方医学最早输入和最先繁荣的城市。上海、宁波、厦门、福州等口岸，传教士也建立了医院。1844年美国长老会的麦卡特夫妇到宁波传教，在住宅里看病，他们在这里收养中国女孩金韵梅并给予教育，然后送到美国纽约学习医学，学成回国后一直为教会做医疗工作，她是中国第一个在国外留学医科的女医生。教会医院的根本宗旨当然是为了传教，也给口岸上的外国商人、侨民和驻军服务。

北平市立医院始建于1905年，原为德国医院，位于东单牌楼，主要为在华德国人服务。第二次世界大战后，改为北平医院。图为1946年改名后的医院大门。

2.医院制度的建立

近代的医院制度主要源于欧洲，鸦片战争以前，以家庭为单元的中国传统医疗体制，无太大的变化，医院制度引进以后，引起中国医疗制度的根本转变。1835年11月，来自美国教会的专业医师伯驾，开办了中国乃至东方第一所医院——广州眼科医局（即广州博济医院的前身）。伯驾是近代中国基督教从事医药传教之首位牧师。1842年后广州教会医院的治疗范围逐渐扩大，眼病虽然是医院的治疗重点，但是疾病的种类已涉及到内外科、骨科、皮肤科和牙科方面，手术包括肿瘤、膀胱结石、乳腺疾病、坏死性骨骼切除等。此后一批医学传教士涌入中国，这些传教士在他们可以立足的地方都首先建立起医院或诊所，《南京条约》签订后，医院推广至香港和上海、福州等地。1860年以后，随着《天津条约》、《北京条约》的签订，传教士获得到中国内地活动的许可，这类诊所和医院又进一步推广到整个沿海、沿江和广大的中国内地。1889年有61所，1915年达到 330所，大多分布在大城市和沿海城镇，规模一般都不大，最大的不超过300张床位。在教会医院的影响下，中国政府和民间人士开办了数目可观的新式医院。在大城市，新式医院已经逐渐成为医疗机构的主体部分。

近代中国医疗制度的实践与确立，是在传教士所创办的教会医院的基础上发展起来的，教会医院起初多是以无助的穷人等社会弱势群体为诊救对象，带有浓重的人道主义色彩，他们以自己对宗教虔诚的信仰从事着艰苦的医疗活动。传教医生温暖的和富有人情味的治疗服务，拉近了中国病人与外国医院的感情距离。基督教倡导博爱主义，早期的教会要求传教士处处显现出基督徒的奉献与仁爱，教会医院多以"普爱"、"博爱"、"仁济"为名，体现出一种新型的医患关系：以人为本，以人为尊。医疗制度在中国的传播与实践，自始至终带有丰富的人文关怀，这也是近代以来世界文明进步的表现。

医院制度的建立，还包括专门医护人才的培养，嘉约翰在广州将近50年的医学传教生涯中，帮助指导了近200名学生。晚清中国第一所正式西医学校是1866年在博济医院建立的。西方医院的管理办法也被带到中国。医院所做的病案记录成为现代医院标准化建设的重要指标。

和中国传统医疗制度相比，西方医院制度显示出规模化、集约化及专业化的优越性。使得医疗器械的利用率大为提高，也营造了适合技术进步的环境，在一定程度上促进了医生专业水平的提高。

3.西医教育

19世纪初，东印度公司的皮尔逊医生来华后，在广州、厦门设立医药局。1806年开始招收华人学医。1837年伯驾在眼科医局招收学徒，关韬在伯驾手下学习，是我国最早学习西医者。此后各教会医院陆续开始招收学徒。最早的教会医学校博济医学校，成立于1866年。1887年英国伦敦教会在香港成立医学校（香港西医书院，香港大学医学院的前身），第

1881年李鸿章创办的北洋施医院，后改称北洋医学堂。

北平美国同仁医院始建于1886年，由美国美以美会创办，原址北京崇文门孝顺胡同，1903年后改建于东郊民巷东口。图为1946年该院大门。

一届有两名毕业生，其中之一是孙中山先生。那时西医教育受英美教学体制影响，尤其受英国爱丁堡医学院的影响最大，在华的许多著名传教医师如德贞、马根济等都是来自爱丁堡，中国有相当部分留学生，如最早的医学生黄宽即毕业于爱丁堡医科。

在中国海军创建之初，李鸿章就雇募"洋医"分派至各舰。继而他提出兴建西医学堂，造就人才实为当务之急。马根济大夫是英国传教士，因为治好了李鸿章夫人用中医治疗无效的病，得到李鸿章的帮助，在天津建立了近代中国第一所规模完整的私立西医医院。英文名是总督医院。不久，清廷决定召回已经在美国留学的公费留学生，马大夫就通过李鸿章的关系，从他们中间选了8个学生，开办一所医学馆。1881年医学馆成立，附设在总督医院内，所以又称总督医院附属医学校。招收学生分甲、乙两种。甲种学制4年，乙种学制3年，这是中国举办西医教育之始。第一次招收8名学生，由马根济和英美驻天津的海军外科医生共同担任教学。1885年毕业时只剩6名学生，第一名学生林联辉和第二名学生徐清华留校任教，其余4名学生被分派至陆军或海军部队任军医。这座医学馆的课程设置有化学、生物、物理、解剖学、生理学、内科学、外科学、产科、儿科、五官科、皮肤科和药物学，教学内容集中在生理、解剖、化学、外科和药物学，以实用性为主，以中国社会流行且中医较难医治的疾病为教学重点，临床教学集中在皮肤科、眼科及儿科。学校招收的学生人数不多，但其教育形式、内容和质量与欧美的教育水平相比较差距并不很大。

　　1888年3月，年仅37岁的马大夫病逝。医院被伦敦教会收买，医学馆由清政府接收。1893年12月，李鸿章委派法国军医梅尼在原医学馆的基础上创建北洋海军医学堂，并附设北洋医院，专门培养军医人才。北洋海军医学堂于1913年改名为直隶医学专门学校，1915年收归海军部管辖，改为海军军医学校，1928年停办。

4. 我国举办的第一次国际学术会议

1911年前后，东三省发生鼠疫，并蔓延直鲁两省，清朝政府一面命令地方督抚迅速扑灭，同时于是年4月3日在奉天省城召开万国鼠疫研究会，11国代表与会，由中国东三省总医官伍连德主持。图为与会代表的合影。

　　1910年冬，位于中俄边境的铁路枢纽小镇满洲里爆发鼠疫。第一病例出现于10月8日，一月后传染到哈尔滨，两月内蔓延至东北全境。很快京师、济南、烟台都发生了疫情。时值清朝末年，国力衰微，不要说少医无药，就连地方官员中也很少有人具有起码的防疫常识。　俄国和日本在东北的殖民势力很大，他们以中国政府无力处理为由，准备出面控制我国的防疫工作。危机又一次迫近国家主权，在此紧要关头，清政府外交大臣施肇基推荐伍连德（伍连德，字星联，祖居广东新宁（今台山县），1879年出生于马来西亚槟榔屿一个华侨家庭。1903年获剑桥大学医学博士学位）总管东三省鼠疫防治工作。　伍博士义无反顾，急赴前线，采取了科学果断的措施，以钦差大臣的身份充分调动当地有限的人力物力，急建消毒所和隔离病院，采取强制隔离、焚烧传染源等措施，两个月后便完全控制了疫情。为此当年5月他获得了清廷颁发的二级双龙勋章，受到摄政王载沣的召见，还得到"医学进士"功名。

　　在伍连德建议下，清政府外交部于1911年通过驻外使节和各国驻华使馆，邀请各国学者和医生来华考察鼠疫并研讨防治方法。当时有10个国家响应。3月起，各国学者陆续到达，而东北疫情已趋平息。4月3日，"万国鼠疫研究会"在奉天（今沈阳）开幕。到会130余人，其中中国医师和学者共9人，来自英、美、俄、德、法、奥、意、荷、日、印等10国的代表34人，还有墨西哥代表1人于开幕后到达。会议历时26天。伍连德以中国外交部特派医官的身份被一致推举为大会会长。会议分微生物学和理化学两组开展学术讨论，前者由鼠疫病原菌的发现者、日本著名细菌学家北里柴三郎任组长；后者由英国学者皮特里和克里两人负责。在近4周的学术讨论中，代表们就鼠疫有关课题展开了深入讨论，其间还开展了一些实验。会后用英文发表了长达500页的《1911年国际鼠疫会议报告》。期间代表们还参观了现场、医院，并专门举行了追悼会，悼念在防疫斗争中牺牲的中外医生。会议于4月26日在沈阳鼓楼南庆丰茶园闭幕。这次会议是历史上我国举办的第一次国际学术会议，是我国科学发展中很有意义的一页。以此为契机，伍连德及时在我国创建了初步的现代防疫系统，为中华民族的健康作出了重要的贡献。

5.卫生行政系统的建立

1900 年天津设立的都统衙门附有卫生局，管辖地方卫生工作。以后，由清廷收回自办，改称北洋局。这是我国地方卫生行政组织的开端。1905 年清政府于巡警部警保司内设卫生科，职掌为考核医学堂的设置，考验医生给照，并管理清道、防疫、计划及审定一切卫生、保健章程。巡警部警保司设有卫生科，这是我国政府机关的名称里第一次出现"卫生"一词，即第一次出现专管公共卫生的机构。

6.传统医学

随着西方医学的大规模传入，在医学领域形成传统医学和西医两种医学体系并存的格局。中国传统医学仍在继续发展，如中医家柳宝诒的《温热逢源》及雷丰1882 发表的《时病论》仍然对温病学的发展有一定贡献。当时最闻名的中药堂是同仁堂，位于首都北京，专门为皇宫供应药物。在西方医学的冲击下，当时医学界对中医出现了几种不同的态度和主张：一些人对传统中医一概加以鄙视，认为不科学，极力主张取缔；一些人拒绝接受新事物，认为西方医学全部不适合中国人；有一些受过西方思想启蒙的人，认识到中西医各有所长，迫切探索发展中国医学之路，试图把中西医学术加以汇通。在汇通中西医活动方面，最早的一位先驱者为朱沛文，字少廉，广东南海县人，出身医学世家。他于1892 年编撰了《中西脏腑图像合纂》，将人体结构、脏腑图像与西方生理解剖图谱相互参照，加以论述。内容较系统、丰富及集中地反映了他的中西医结合的学术思想。当然，由于当时历史的背景和医家们本身的条件限制，其汇通中西医的活动，未能取得明显的成就。

四、异彩纷呈：体育

1.西方近代体育的传入

还在鸦片战争前夕，通过在中国沿海一些城市的外国商人和传教士，已有个别中国人接触到一些西方近代体育活动的内容。但

清末做新式体操的满族儿童。

近代体育在较大规模和范围内传入中国社会，还是在洋务运动期间。第二次鸦片战争后，清政府在"自强"、"求富"的名义下编练新式海陆军，建立军事学堂。近代体育的某些内容传入中国。新式军队主要习练西方兵操和单杠、双杠、木马等器械。新式学堂聘有外国教官，体育课程的主要内容有击剑、拳击、哑铃、跳高、跳远、足球、游泳、单双杠、爬山等。

1862 年，曾国藩在湘军的水师中，李鸿章在淮军中开始聘请外国人教练兵勇，改习"洋枪"、"洋炮"、"洋操"，传统的骑射、弓、刀等武艺虽未完全废弃，但已开始失去其原有的重要地位。洋务派军队开始习练的主要是英国兵操，包括队列、刺杀、战阵与战术等。中日甲午战争后，清政府又采纳了德国军官汉纳根的建议，改聘德国军人为教官（以前多为英、法、美人），在天津小站对北洋新军进行训练。聘请德国教官的还有湖南总督张之洞的"自强新军"。

洋务派军队和学校中的体育，是中国较早出现的近代体育，洋务运动对中国近代体育运动的兴起，在客观上起了一些积极作用，促进了中国近代体育运动的新发展。

第二次鸦片战争还使外国天主教士有了进入中国内地传教的特权。外国传教士大批进入，在中国开办了许多学校，这些学校一般设备较好，有一定的运动场地，并在课外开展田径和球类等运动，有体育组织或运动代表队，并经常组织以田径、球类为主的校级运动会。北京的汇文书院 1895 年就有棒球队，1901 年成立了足球队。同年圣约翰学院也组织了足球队。圣约翰学院早在 1890 年前后就已开展田径运动，当年就举行了以田径为主要项目的运动会。1905 年圣约翰学院还参加了在苏州举行的，有东吴大学等参加的联合运动会。

2．清末"新政"时期的体育

清末"新政"时期，除颁布学堂章程以外，清政府还在 1903 年下令全面裁汰绿营，推行新式陆军制度。这样，近代兵操、器械体操和一些近代球类活动，也就以更大规模在军队中推广开来。近代体育在学校和军队中的确立，和当时军国民主义思想的广泛流行有十分密切的关系。根据《奏定学堂章程》规定，无论大、中、小学的"体操"课均"宜以兵式体操为主"。在1906年的《学部奏请宣示教育宗旨折》中，更明确提出："凡中小学堂教科书，必寓军国民主义"，"体操一科，幼稚者以游戏、体操发育其身体，稍长者以兵式体操严整其纪律"。足见"军国民主义"教育思想对当时学校教育和体育的影响之大。

《奏定学堂章程》颁布后，新式学堂迅猛发展，学生人数不断增加，大量新学堂"体操科"开设，而国内原来又无体育专业教育，造成教师奇缺。在清末和民国初年的一个较长时期内，大批军人得以在公、私立各级学校充任体操教习。但是能够充任体操教习的，往往是军队中裁汰下来的人。这些人大多没有体育的专门知识，所教的"体操"千篇一律，还有的人甚至于"既不识教授为何物，又不知学校为何地，酗酒狂赌，好勇斗狠，无所不为"。社会上"多厌恶体操一科"，甚至于视体操教师为"动物标本"。

为缓和体育师资缺乏的矛盾，1906年3月，清廷学部通令各省，于省城师范"附设五个月毕业专修科"，以培养小学体操教习。在此前后，一批赴日本学体育的留学生陆续回国，也在各地创办了一些体育学校或体育专修科。其中比较突出的是中国体操学校和中国女子体操学校。1904年毕业于日本体操学校的徐敷霖在上海创办中国体操学校，这是清末民初开办时间最长的一所体育专科学校。学校的课程有体育学、教育学、生理学、音乐、普通体操、兵式体操、竞技游戏等。到1927年停办，共培养36届共1531名毕业生，在培养体育师资方面作出了较大贡献。徐敷霖之妻汤剑娥毕业于日本体育会体操学院女子部，她创办了中国女子体操学校，共培养45届1751名体育女教师，这是中国最早的女子体育学校。这一时期新式体育学校也在全国各地大量涌现，其授课方式和内容已不限于早期体操一项，而是扩大到田径、球类、拳击等方面。但是，由于当时师资的培训大多是短期、速成，质量一般不高，多数学校（科）的开办时间不长，招收学生的数量有限，因此，体育师资仍然远远不能适应教育发展的需要。

　　1908年后一批属于基督教青年会的美国体育专家来华，到上海、北京、天津、长沙等地任职，推动了青年会体育的发展。基督教青年会从事的体育活动，一是引进西方体育运动，如篮球和排球等就是由他们引入中国的；二是组织早期的运动竞赛，1910年和1914年的两届全国运动会，1913年和1914年在北京举行的体育竞赛，都是由基督教青年会发起或负主要责任的；三是培训出一批体育专业人才，基督教青年会在中国各地先后多次举办体育干事培训班，讲授体育概念、运动规则，传授篮球、排球、台球、体操、游泳、室内田径运动等。

3.传统体育的继承和发展

西方近代体育在中国的初期传播阶段，富有民族特点的、大众化的中国传统体育在近代中国体育中的地位并未被取代。在广大城市特别是乡村集镇中，仍以传统体育活动为主。在新的历史条件下，传统体育得以继承和发展。早已流行的武术、导引、摔跤、溜冰、棋戏等继续在民间流传，而各少数民族的体育更是内容丰富，各具特色。

清军中虽开始装备洋枪洋炮，但是传统兵器弓、矢、刀、矛等并未被完全抛弃，因而各种武艺操练在军事训练中仍占有一定的地位。武考制在晚清仍然存在，体力和军事技能并重，也要考策文，文武兼顾，以武艺为主。武举分为乡试、会试、殿试三科。殿试和文科举一样，前三名称为状元、榜眼、探花。晚清学校，前期沿袭旧制，后期陆续改为新式学堂。旧学校练骑射武功。新式学堂虽改练兵操等近代体育项目，但也传授武术或开展其他传统体育活动。

五、苦难牧歌：宗教

1.道　教

　　道教是中国土生土长的宗教，对中国文化有巨大影响。

　　入清以后，由于清代统治者素无道教信仰，采取种种限制措施，加速了道教衰落的进程。当时影响最大的是北方的全真道和南方的正一道。晚清道教继前期进一步衰落，社会地位下降。高道极少，理论上缺乏创新，教团素质下降，教团的影响力减弱。龙门道士多兼行斋醮祈禳，用香火钱来谋生，与正一道士的差别越来越小。正一道天师无所作为，不过依仗天师声威谋取富贵而已。在与朝廷的关系上，清廷不甚重视南方正一天师，不仅张天师的"正一嗣教真人"之封被取消，连各级道教管理机构亦被废止，政治地位大不如前；而与北方之全真道有较密切的来往。

　　明中叶以后，道教在上层地位日趋衰落的同时，民间通俗形式的道教仍很活跃。以各种宗教互相融合为特点的民间秘密宗教，虽然派别繁多，思想渊源亦很复杂，但其中有些派别在思想上乃至在组织上，同道教仍有一定的关系，演化为如清初的八卦教等民间宗教组织，而后来的义和拳，和道教也有一定的关联。

　　道教的真正力量不在政治，不在教团组织和信徒人数，而在思想文化。道教文化向社会各领域扩散，特别是对民间习俗影响很大。民间非正式道士队伍扩大，正式入教者极少，而受其薰染者极多。中国文化的各个领域，或多或少都染有道教色彩，道教更多地成为一种生活方式。这种情形明代已十分显著，清代更甚。在道观道士与平民的关系上，一方面道观增设民间诸神，扩大向社会开放的程度，另一方面百姓之家常请道士去作法事，形成习俗。各地道房道院为社会大作法事道场，成为道教的日常活动和经常性经济来源。民间的岁时节令的庆祝活动中，既有自古传承下来的宗教习俗，又有佛教和道教的内容。春节以祭祖为中心，从腊月下旬到正月有一系列与道教有关的宗教习俗活动，如腊月二十三或二十四祭灶送灶；然后是贴门神、挂鬼判钟馗、置桃符板等；除夕子时接神，主要是喜神财神；初一除祭祖拜年外，北京三官庙有庙会。初八拜星君，北京人则去白云观拜祭；初九祭玉皇；正月十九北京为燕九节，庆祝邱处机诞辰，举行以白云观为中心的全市性盛会，是日几乎倾城空巷而趋。端午节民间祭祀诸神，中有张天师，据清末富察敦崇《燕京岁时记》载："每至端阳，市肆间用尺幅黄纸，盖以朱印，或绘画天师、钟馗之像，或绘五毒符咒之形"，"贴之中门，以避祟恶。"　六月六，山东民间祭泰山神。七月十五为中元节，道教定为地官大帝诞辰，民间亦祭祀成习，认为是日地官降凡，定人间善恶。九月九重阳节，胶东农村祭财神，瓦木工祭鲁班，酒坊祭杜康，染房祭梅福或葛洪。十月十五为下元节，水官大帝诞辰。天官、地官、水官三官信仰源于古代自然崇拜，后来成为道教尊神，宋以后三官与三元结合，形成三元节（正月十五是上元节，祭天官）。三官职掌人间祸福和鬼神迁转，为道教和民间共同敬祭。另外，十月十五日冶工（各种金属制作工匠）还祭炉神老君，这显然是从道教借来的。

清末敕建江苏淮安道教孚佑宫传戒照片。

腊月二十五民间还有迎玉皇的活动，云是日玉皇与三清一起下凡视察人间善恶疾苦。行业神中除老君、葛洪崇拜外，刺绣崇妃绿仙女，墨匠崇吕祖，乞丐、剃头匠崇罗祖大仙，文具商崇文昌帝君，按时祭祀，相沿成习。

道教思想也影响到儒家学者。如著名思想家龚自珍、近代四川著名经学家廖平、清末改良派政治家和思想家康有为等，都受道教很大影响。道教对晚清文学也有影响，典型代表是刘鹗所著《老残游记》。

2. 基督教的传播

1) "只有战争能开放中国给基督"

传教士 16 世纪就已进入中国，明末清初，利玛窦和汤若望等耶稣会的神父们曾有所建树。但是在清前期，由于基督教与中国文化的冲撞，清廷采取了"禁教"政策。传教士在 1722 年被逐出。其后 100 多年，统治者用"闭关锁国"的方法"巩固"老大天朝。19 世纪初，传教士再一次叩响中国大门，这时西方已完成工业革命，中西双方的实力和地位已不可同日而语了。其时，虔诚、正直、以传播上帝福音为惟一宗旨的传教士虽大有人在，但有了强大的国家实力作为后盾，西方传教士已彻底放弃了利玛窦时代谦逊忍让的态度，盛气凌人地获取了在华传教的特权。鸦片战争成为中国历史上的一个重要转折点，帝国主义的侵略打断了中国社会自身的历史进程，也改变了基督教在华传播的状况及其作用。传教问题经常成为中西冲突甚至战争的导火索，对中国近代社会产生了重要影响。

近代中国的基督教有广义和狭义之分。广义的基督教包括天主教、新教、东正教三大教派，狭义的基督教专指新教。这里所说的基督教指广义的基督教。新教在近代中国也被称作耶稣教、福音教、誓反教、抗议宗等。在文化侵略方面，天主教、基督新教和东正教并无多大差别。

鸦片战争爆发前，西洋传教士参与贩卖鸦片和策划1840年英国侵略中国的鸦片战争。19世纪，英国基督教传教士马礼逊和德国传教士郭实腊在东印度公司任职期间，参与向中国贩卖鸦片。一些传教士还竭力主张西方列强用武力强迫清政府开放沿海口岸，如美国新教牧师伯驾公开声称"只有战争能开放中国给基督"，并直接参与英国侵略中国的军事活动。如郭实腊曾于1832年以传教为掩护详细考察了清军在上海吴淞口的炮台，并为政府写成报告。一名英国传教士将吴淞口至内地的航道图秘密送给英军，在鸦片战争中发挥了重要作用。

鸦片战争爆发后，许多传教士干脆直接受雇于侵略军，为本国政府利益服务。郭实腊成为年俸800镑的官方翻译，马礼逊之子马儒略亦是年俸1000镑的官方翻译，以其对中国社会的了解，成为侵略军的得力帮凶。战争中英军沿长江攻打南京，切断中国漕运通道的诡计就是马儒略提出的。在《南京条约》的谈判中，马儒略和郭实腊是英军的主要翻译，在谈判桌上为英国争得了不少好处。鸦片战争期间，美国传教士也非常活跃，雅裨理和文惠廉参加英军充任顾问。伯驾停办了他的眼科医院，跑回美国策动政府出兵。美国遂派海军司令加尼率两艘战舰为英军助阵，美国传教士裨治文还担任加尼的翻译和助手。1844年，裨治文、伯驾、卫三畏参加美国订约使团，迫使中国政府签订了《望厦条约》。由于伯驾在战争中的特殊作用，战后被任命为美国驻华使馆中文秘书并逐步高升，直至1855年担任美国驻华公使。其他如1842年中英《南京条约》、1858年中美和中法《天津条约》、1860年中法《北京条约》等，

1909年穿着清代服装的传教士合影。

西方国家一些传教士都直接参与了策划、起草。

在华基督教转变的主要原因是：第一，基督教本身具有强烈排它性，排斥他民族诸神。明清之际耶稣会对中国诸神信仰采取宽容态度，只是无可奈何的权宜之计。第二，明清两代几百年间，中国逐渐从强大的东方帝国沦为半殖民地，西方列强则因国富兵强而以世界主宰自居，欲将自己的生活模式（包括宗教信仰）强加于人。第三，传教士的活动不能不受本国、本民族利益的制约。当本国与他国的利益发生冲突时，他们便自觉地站在自己政府的一边。第四，传教士中信仰不虔的"吃教"、"借教"者大有人在，帝国主义分子也不少。他们在中国披着基督徒的外衣，专事欺压中国人民，谋取私利，更增加了基督教的侵略性。

2）基督教各教派在中国的传播

帝国主义用大炮轰开了中国的大门，也为基督教传教事业扫平了道路。在这些不平等条约的庇护下，基督教各派在口岸城市迅速传播。《天津条约》的签订使"教禁"大开，外国人可以在中国土地上自由传教，中国人可以自由入教。外国传教士又获得了购置田产的自由。第二次鸦片战争后，基督教在全国各地迅速发展。

天主教在华传播的历史最长。鸦片战争前共有五个传教会在华活动，他们是：西班牙多明我会，巴黎外方传教会、方济各会、遣使会及耶稣会。其中耶稣会一度被罗马教廷解散，但1814年又得以恢复，并凭借昔日基础重建。鸦片战争后，不仅原有的教会继续发展，而且又有许多新的教会相继来华。修士、修女的活动不仅分布在江南数省，而且深入到山西、河南、陕西、内蒙古、四川、贵州等内陆、边远省份。他们盖教堂，发展新教徒，

安若望（1814—1889），法国遣使会教士，1835年来华，1839年到河南，1864年被选为首任罗马教皇驻河南代表，1865年调往江西，后死于九江。

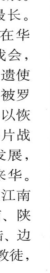

办医院、孤儿院以及各类学校，出版图书报刊，构成了一个庞大的文化事业。至1918年，天主教教徒人数已达187万，外国传教士886名，中国传教士470人。

基督新教传入我国虽然较晚，但鸦片战争后发展较快。据统计，到民国初年，先后来华的新教团体170个左右，随着教会传播活动的展开，华人牧师和教徒人数都不断增加，1914年新教人数达到了25万，外国在华传教士5 978人。基督教新教虽然传入中国比天主教晚，但他们采取了更为中国人所喜欢和接受的措施。比如，对在中国从事各种社会活动有更大的热情，特别是在开办大学方面。也建学校，办医院，出版图书，从事慈善事业。

东正教在中国发展相对较慢，但至清末也有一定规模。1860年以后，北京传教团改由俄罗斯东正教最高会议派遣，不再履行外交职能，不过传教士仍然从事收集情报的工作。在中俄签订《瑷珲条约》和《北京条约》的过程中，传教士为沙俄政府起了参谋作用。以后他们又利用不平等条约赋予的特权，加速了传教活动。东正教先后在哈尔滨、沈阳、旅顺、上海、天津、青岛、新疆等地建立教堂。但因不通汉语，故东正教的活动对中国人影响一直不大。据1906年统计，中国籍信徒仅725人，俄罗斯籍信徒约3万人。所以东正教基本上还是俄国侨民或入了中国籍的俄商信奉的宗教。

白振铎（1825－1905），法国遣使会教士，1858年来华，先后在蒙古、直隶传教，1870年派为江西教区主教。1905年死于九江。

奥科贝尔斯主教。

伯纳德主教。

清末天津外省教会
会长集会合影。

清末在华主教合影。

哈尔滨俄国东正教
尼古拉堂。

清末西方传教士，
身着中国服装，乘
坐马车外出传教。

天主教北平若瑟院
修女在北平宗座代
表公署前的合影。

3) 中国近代的教案

　　西方的基督教来中国时，最早就是在北京站稳脚跟的，因为当时它是中国的首都，所以它也是天主教最早的传播中心。由于受到皇室的信任和重用，使传教士们（主要是耶稣会士）能在这里建立一些教堂。主要有8座天主教堂：东堂、西堂、南堂、北堂、东交民巷堂、南岗子堂、平房堂、东管头堂。还有9座在郊区。总共是17座。

　　由于天主教源于西方，因此北京的教堂建筑形式皆与西方教堂相似，即以罗马式、哥特式为主。只是朝向按照中国坐北朝南为尊的习惯，大多数天主教堂都是正立面朝南（而外国则是坐西朝东）。其中，哥特式建筑高耸的尖塔和内部挺拔的尖拱券顶所烘托出的

清末北京西什库教堂主教与神甫的合影。

清末清朝政府为扩建中南海，将法国天主教蚕池口教堂（老北堂）迁移至西安门内西什库，即新建西什库教堂（新北堂），并给移建费45万两白银。此系清末的西什库教堂内仁慈堂正面。

清末北京天主教北堂所属的修道院全体学生与传教士合影。

清末北京西什库教堂的主教与信徒合影。

向上感，以及刻意追求的悠长的交混回响使神父的声音听起来充满神秘感，因而特别受到教堂建造者的青睐，不少教堂的建筑形式都受到哥特式的影响。天主教恭敬圣母玛利亚，在这十几座教堂外都有为她修建的"圣母山"或"圣母亭"。这些所谓的山，都是有中国园林特色的假山。

这些教堂中尤以北堂著名。北堂又称西什库教堂，曾是北京最大的天主教堂。最初在中南海紫光阁以西，羊房夹道(即养蜂夹道)以南名叫蚕池口的地方，因此也叫蚕池口教堂。康熙四十二年(1703)建成。光绪十二年(1886)蚕池口天主教堂迁移到西什库内重建。北堂属哥特式建筑，大堂平面呈十字架形状，建筑面积约2200平方米，高16.5米，钟楼塔尖高约31米。堂前有站台，三面有汉白玉石栏杆，大堂内有主祭台、苦难堂和唱经楼。大堂正门两旁，有中国式建筑碑亭两座。北堂所属建筑包括修道院、图书馆、后花园、印刷厂、孤儿院、医院、光华女中，以及神甫宿舍等。

北堂是天主教直隶北境总堂，所属教民有4万余人，所属住堂

清末北京天主教北堂所属的儿童修道院全体人员合影。

1892年北京天主教西什库教堂所属的主教与教徒合影。

29座，其中在京城有5座，其余分布在顺天府各州县和直隶北部各府。下属分设会所500余座及大堂、公堂、小堂若干。在义和团运动中西什库教堂成为团民进攻的主要目标之一。1900年6月6日至8月14日，1万余名义和团团民和清军连续围攻、炮击西什库教堂，但始终未曾攻入。

清末基督教是在西方列强商品和资本输出的社会背景下，依仗一系列不平等条约在我国传播的。故而教禁大开造成的是一场席卷神州大地的，具有侵略与反侵略性质的教案风潮。酿成清末教案的主要原因是教会的劣行，主要表现为霸占田产，掠夺财富。鸦片战争后，西方列强依照领事裁判权对本国在华传教士给予保护。在"治外法权"下，西方一些传教士以帝国主义侵略势力为后盾，深入中国内地建教堂，设教区，霸占田产，欺压官民。这些传教士还肆意将治外法权延伸至中国信徒，干涉司法。加之西洋传教士蜂拥而入，难免鱼龙混杂，人员素质不能与早期传教士相比，许多人打着传播上帝福音的幌子，却做着个人发财的迷梦，一旦得势，便以征服者的姿态疯狂掠夺财富，网罗无赖，横行乡里。曾国藩在1870年的一道奏折中讲："凡教中犯案，教士不问是非，曲庇教民；领事不问是非，曲庇教士。遇有民教争斗，平民恒曲，教民恒胜。教民势焰愈横，平民愤郁愈甚。郁极必发，则聚众而群思一逞"。同时西方国家借口教案，向中国政府施加军事或政治压力，提出种种无理要求，强迫赔款，捕杀无辜，甚至以此为口实发动侵略战争。文化冲突也是清末教案的原因之一。中国有自己的宗教与文化，基督教以其强烈的排它性，强迫信徒放弃原有的信仰与习俗，自然会伤害广大民众的情感。中国在长期相对封闭的文化环境中

设在海北的天主教堂。

形成的"尊夏贱夷"的观念，也容易滋生一种盲目排外的社会心态。特别是在清末的社会条件下，中国民众尚未认清帝国主义经济侵略、文化侵略的本质，于是自然地把战争赔款、农村经济破产等等苦难账算在一切外国人，特别是他们能够直接接触到的外国传教士身上。反对帝国主义侵略的合理要求与盲目排外的冲动情绪搅在一起，使仇教火焰愈烧愈旺。

中国近代教案事件主要是中国民众与西方传教士的

冲突与纠纷，也发生在中国内部教民与非教民之间。清末教案发生次数之多，规模之大，性质之复杂，冲突之激烈世所罕见，从1840年至1900年，中国各地共发生"教案"400余起。基本上可以分成两个时期，1860年以前为早期，该期教案一般规模小，频度低，影响也不大。1861－1900年则是一个教案多发期，其中19世纪末的巨野、大足、冠县三次大教案，被认为是义和团运动的先驱。在大足和冠县教案中，起义农民提出了"顺清灭洋"、"扶清灭洋"的口号，成为日后义和团运动的思想纲领。巨野教案有大刀会参加，冠县教案有梅花拳参加，教案最终虽以民众被镇压而告终，但参与教案的地下会党组织却成为"义和团"的先驱，为义和团运动作了组织准备。

　　1900年春夏之交，散布在山东、河北等地"义和拳"反教活动的星星之火，因得到地主阶级保守派的支持而成燎原之势。在近代传教与反教斗争中，地主阶级保守派的态度和立场是十分复杂的。对于教民种种法外特权他们嫉恨如仇，希望借民众之手打击教会。可是教案一旦发生，外国列强兴师问罪之时，为了保护自己的既得利益，他们又总是首先牺牲广大民众和下层爱国官吏，杀

1897年第二次重新修建的天津望海楼教堂。此堂于1900年义和团运动中被焚毁。

1900 年后重新修建的涿州教堂。

当事者的人头，撤地方官的职向帝国主义谢罪。义和团运动就是由于 1900 年农历 5 月 2 5 日慈禧的一道支持性上谕而迅速升级的。山东、河北一带的义和团奉旨进京，本来宣布是要惩处一切不法教士和教民。可是运动一起，在狂热的排外思潮支配下，矛头指向一切洋教堂，擒杀一切可见的外国传教士和中国教民，甚至围攻外国使馆。时隔不久，运动迅速由京、津燃向全国，辽宁、黑龙江、山西、内蒙古、四川、云南、贵州……，凡有洋教之处，无不浓烟滚滚，血肉狼藉。据不完全统计，义和团运动一年间，杀死天主教主教 5 人，教士 48 人，修女 9 人，修士 3 人，教徒 3 万人；杀死基督新教教士 188 人，新教徒 5 000 人。全国教堂 3/4 被摧毁，基督教传教事业受到了严重的挫折。义和团运动被基督徒称为一次大"教难"。

　　义和团运动招致八国联军侵华战争，结果中国首都失守，皇太后与皇帝逃跑，起义群众遭到残酷的镇压和杀戮。一批传教士充当了联军的向导、翻译、情报官等，参与屠杀平民，掠夺钱财。美国著名作家马克·吐温说，传教士"从贫困的中国农民身上榨取13倍的罚款，因此让他们、他们的妻子和无辜的孩子们势必慢慢地饿死，而可以把这样获得的杀人代价用于传播福音"。

义和团运动向帝国主义显示了中国人民不甘心于殖民统治的坚强意志，迫使列强放弃了瓜分中国的企图。在宗教方面，义和团运动唤醒了一部分有民族自尊心的中国教徒，1906年，俞国贞等基督教上层人士在上海发动组织了"中国基督教自立会"，宣布该会的宗旨为："凡事不假外人之力，俾教案消弥，教旨普传，及调合民教，维持公益，开通民智，保全教会名誉，国家体面的目的。"这一宣言带动了基督教内部爱国自立运动的兴起。另一方面，义和团运动也迫使外国教会放弃狂妄偏执的传教策略，重新考虑中国人民的宗教情感和文化结构。1919年，罗马教廷的教皇本笃十五世批准天主教重新进行"天主教中国化运动"，力求使基督教教义儒学化。1922年，基督新教开展了所谓"本色运动"，务求将基督新教办成具有中国本色的教会。正是由于教会内部发生了这些变化，20世纪教案大幅度减少，传教事业开展得相对顺利。

4）传教士对近代中国现代化的推动

虽然基督教的传教士在中国传教的直接目的是为了自身利益，在中国办医院、办学校等，本质上也是文化侵略，但他们对近代中国现代化的过程，却产生了很大的影响。正如英国历史学者汤因比曾说过，文化光线的穿透力常与光线的文化价值成反比，一个无关紧要的光线所受到的阻力，比一个较重要的光线为轻。一般认为，现代化运动有三个层次，最先是器物、技能层次，然后进入制度层次，最后是深入思想、行为层次。来到中国的传教士在这三个层面上，都扮演了重要的角色，然而受到的阻力也逐次递增。

开办大量新式学堂，介绍西方先进的科学文化知识。如1839年开办的"马礼逊学堂"，1844年开办的"宁波女子学塾"，成为中国早期现代教育的雏形。马礼逊学堂由美国传教士布朗主持，第一批招收了6名学生，其中就有中国留学教育的最早实行者和倡导

63

者容闳。宁波女塾，这是外国人在中国创办的第一所教会女子学校。课程有圣经、中文、算术，还学习缝纫、刺绣等女工技能。中国封建时代女子是不能走出家门上学的，所以教会女学也是中国最早的女子学校教育机构，在19世纪下半叶对当时中国社会重男轻女的封建体制是一个很大的冲击与挑战，它突破了几千年来的禁锢，开了中国女子受学校教育的先河。以后，天主教开办了北京辅仁大学、上海震旦大学、天津商学院。基督新教开办了燕京大学、山东齐鲁大学、圣约翰大学、南京金陵大学等等，是中国最早的一批高等学府。教会办的中小学更是遍及城乡。据1918年的统计资料，全国共有各类教会学校13万所，在校学生55万人。教会学校除了传播宗教知识外，还开设数学、物理、化学、天文、英语等课程，为中国培养了大批科技人才。在这段时期，许多传教士将其智能、才干贡献给中国。他们或发行书报，鼓吹科学思想；或躬身示范，倡导科学知识与技术。如丁韪良于1863年到北京后，即创办学校，培养传教及理工人才。后来，主事同文馆总教习多年，任内逐步增设各项科学讲座，建造化学物理实验室、科学博物馆、观星台，并介绍西方医学。1898年，京师大学堂成立，丁韪良被礼聘为总教习。在他的筹划下成立了科学、文学共12馆，其后学堂发展为国立北京大学。

近代的留学潮也是先从教会学校开始的，后来中国官派留学生，特别是赴美国留学生的派遣，也大都与传教士有着千丝万缕的联系。

传播西方新思想，输入自由、平等、民主的新观念。传教士不仅介绍西方自然科学知识，也介绍西方社会科学知识。如裨治文撰写的《阿美利加合众国志》，对美国的民主和宪法精神有所阐述。丁韪良译《万国公法》，分送清廷府道官员。李提摩太主张变法，对康、梁有所启发。基督教中包含的原始平等观念，鼓动了太平天国农民起义。基督教反对教徒祭祖、祭孔，曾引起了社会公愤，但在反对巫术迷信方面也有积极意义。基督教提倡一夫一妻，男女平等，婚姻自主，对中国流行几千年的纳妾制度和重男轻女观念也是一个重大冲击。另外教会学校也为辛亥革命培养了一大批职业革命

清末华北一带的中国传统民族乐器表演，演奏的乐器有扬琴等。观看表演者为法国传教士法布尔·吉斯主教。

家，孙中山先生就是其中的佼佼者。参加第一次世界大战后凡尔赛和约签约仪式的中国代表团中，有 $\frac{1}{3}$ 是基督徒。

发展西式医疗事业。传教士将医疗视为"福音的婢女"，认为在治疗中国人肉体伤病时最容易把宗教精神注入他们的心灵。自1834年伯驾开办第一所医院后，教会又相继开办了不少医院，协和医院就是其中最著名者。据1937年统计，教会在华设护理学校1943所，在校学生37 800人，医院及诊所271间，在客观上起到了介绍西医知识，防病治病的作用。

促进慈善福利事业的发展。传教士一向把兴办慈善事业作为吸引教徒的重要手段，如办育婴堂、孤儿院、盲童学校；以戒禁赌，改造妓女为目的的改良会、济良会、拒毒会、道德会、养真社等等。在大灾荒时，还曾由教会出面组织"中国赈灾委员会"。在苦难深重的近代社会，教会的慈善事业虽不能根本解决中国人民的苦难，但也有一些缓解痛苦的作用。

其他如19世纪后半期，传教士们已开始为改善中国妇女的生活，提高她们的社会地位而努力。其中一项就是革除陋习——妇女缠足。德籍传教士郭实腊首先将六名盲女先后送往英美接受盲人教育。1898年，嘉约翰在广州创办了第一所疯人院；1891年，何德在广东创办了第一所麻疯病院；米尔士于1887年在烟台创办了第一所聋哑学校。

在中外文化交流方面。英籍传教士理雅各，将中国的13部经书译成英文并加注释。他翻译的四书五经，至今仍被西方的汉学家奉为圭臬。德籍传教士花之安将《论语》、《孟子》、《列子》、《墨子》等书译成德文。

3. 佛　教

1）清后期佛教的衰落

佛教产生于公元前6—5世纪的古印度，西汉末传入我国。在传入中国的外来宗教中，以佛教的历史最悠久，其对中国文化的影响亦最深远。已深深植入中国人的思想、心灵与社会生活。

中国佛教的特色是大、小乘并存，显（宗）密（宗）同在。佛教起始于印度，但发展在中国，并远传于日本、韩国。中国佛教以大众部佛教为主，内地汉族居住地主要信奉"大众部佛教"。中国西南与"上座部佛教"盛行国家相邻的云南则是传承着与泰国一样的"上座部佛教"。中国西北部地区少数民族则主要信奉密传佛教。中国佛教界的一些高僧根据一些佛经内容，创立了各自的宗派。其中包括天台宗、华严宗、三论宗、唯识宗、净土宗、律宗、禅宗和密宗等，共有十大宗派。

佛教自明清以后有逐渐式微的倾向。造成佛教衰落的原因首先在于社会方面：1840 年，西方列强的大炮伴随鸦片烟轰开了中国的大门，严重的民族危机迫使有识之士把寻求救国方案的目光转向了西方。西方近代自然科学和社会科学对中国青年知识分子产生了极大的吸引力。相反，佛教和其他传统文化一样，因其不能直接解决迫切的社会问题而被人们疏忘。西方各种无神论、唯物主

清末三圣庵出家尼姑。

义学说的传播，使国人本来就不虔诚的宗教心理更添几分轻慢。清后期大量涌入的基督教具有强烈的"一神论"倾向，主张对各种中国的传统宗教悉加扫荡，使中国"基督化"。太平天国农民起义的打击，太平军横扫江南15省，大军过处，焚烧经籍，捣毁寺院，驱赶僧尼，对江南佛教事业造成了极大的破坏。后虽经众多高僧、居士努力活动，但佛教势力已难以恢复。1898年，湖广总督张之洞提倡发展新式教育，因一无资金，二无房产，便开展了一场"寺产兴学"运动，试图没收全国寺产70%以充教资。这一运动一直延续到民国初年，使佛教的物质基础又一次受到严重损害。

清后期佛教衰落的内部原因则在于佛教理论的过分世俗化。明末的"儒释合一"潮流，使佛教从价值观念到思维方式都丧失特色，对士大夫阶层逐渐失去其特殊的吸引力。时至清末，尽管僧尼人数随人口总数的增加而膨胀（据太虚《整理僧伽制度论》估计约为80万），但僧侣的文化素质却在不断降低，出家者多为衣食无着的贫苦农民。因而，清后期一批名山大刹虽还占有大量田地（如镇江金山寺占良田1万余亩，寺周边方圆数十里农民多为金山寺佃户，号称"金山庄"），拥有相当的经济实力，但佛教理论停滞，宗派流于形式，僧团队伍已很难承担复兴佛教的重任。

2）居士佛教兴起

在佛教僧团衰落的同时，清后期佛学研究的兴起却引人注目。从事佛学研究的人基本可分成两大类。一类属于对佛教抱有信仰的居士，中国佛教把在家学佛者，誉为佛教居士。居士佛教自古即有，然明清以前社会作用并不突出。因清代僧尼队伍文化素质下降，居士的地位与作用相对上升。清后期佛教发展的重心已移到了居士方面。居士的作用主要表现在两个方面。一是学术思想，近代佛教居士人才济济，出现了一批学识渊博的大学者。他们收集整理文献，勾稽阐微，使佛教思想得以延续。二是宗教活动，居士们往往利用自身在政治、经济方面的优势，印经刻藏，组织法会，举办佛学教育机构，创行佛教刊物，从而在社会上维持了佛教的影响，使教徒树立了信心。

另一大类则是世俗的思想家，如龚自珍、魏源、康有为、谭嗣同、章太炎、梁启超等人。清自道光，国家衰势已定。殖民主义的侵略，开始唤起民族的觉醒。一批先进的文人，把佛教义学作为可以挽救国家民族的精神武器。龚自珍从佛教"业报"学说引伸说道："人心者，世俗之本"，心力所至，足以"报大仇，医大病，解大难，谋大事"，据此而言，"天地人所造，众人自造，非圣人所造"。这种不依靠"圣人"，而要求"众人"以自有心力创造天地的呼喊，无疑潜在着某种革命的因素。其后经魏源到康有为，尤其是谭嗣同、梁启超，继续发挥佛教的主观战斗精神，宣传悲天悯人的忧国忧民之思，鼓动不怕牺牲，团结奋进的宗教热情。他们把佛教当成一种传统文化现象来研究，研究的动机不是出于信仰，而是寻找唤起民众革命的工具，或是探求历史文化发展的内在规律。居士佛教成了中国近代民主革命思想中的一个不可忽略的环节。

居士特别注重佛典的搜集整理和义理的探究，这类居士在清初以彭绍升（1740-1796）最著名。晚清刻印佛经成风，郑学川在苏州、常熟、杭州、如皋、扬州等地设置刻经处；杨文会（1837-1911）则创金陵刻经处，影响尤大。

杨文会（仁山）出生于一个官宦之家，书香门第。其父杨朴庵，进士出身，官部曹。杨文会"十岁受读，十四岁能文，不喜举子业。"性任侠，好读奇书，凡音韵、历算、天文、舆地，以及黄老庄列，无不研读。17岁时遇太平天国起义，举家避徙皖、赣、浙之间。此时，他"襄办团练"，"跣足荷枪，身先士卒，日夜攻守不倦"，因而颇得曾国藩、李鸿章的赏识。同治二年（1863）居父丧，读《大乘起信论》、《楞严经》，深深地被佛教吸引。战后坚辞曾、李之聘，倾心于佛学研究。他认为"末法时代，全赖流通经典，利济众生"，于是发行刊刻单行本藏经，并把自己的一生献给了佛教的振兴事业。

杨文会于1878至1886年间曾两次随曾纪泽出使欧洲，在此期间，他结识了当时留学英伦的日本近代著名学僧南条文雄。此后30年中，两人书信往来不绝，结下了深厚的友谊。在南条文雄等人的帮助下，杨氏从日本、朝鲜等处，收集得中国佚失的历代重要经论注疏与高僧著述280余种，择要刻印了出来。同时，他也为日本藏经书院刻印的《续藏经》选目提出重要的增删意见，并在国内多方为之搜集秘籍善本，以供《续藏经》编者选用。1894年，在上海会晤来自斯里兰卡的达磨波罗（1864-1933），对"印度摩诃菩提会"发起的复兴佛教运动表示赞同，又与日本、朝鲜佛教复兴运动相呼应，着手在中国实施振兴佛教的计划，包括编撰佛教教材、创办学校培育佛教人才、搜集和刻印佛经等。1894年间与当时在华英国传教士李提摩太合作，把《大乘起信论》译成英文，流行于欧美。

杨文会于1866年创立的金陵刻经处，是一集印经、流通、研究、讲经、修学于一体的居士道场。在杨文会居士亲自主持的40余年间，该处共刻印经典两千余卷，流通经书百万余卷、佛像十余万帧。其所刻经书校勘标点之严谨精细，至今犹为学界称叹。后来他舍家宅为佛教的"十方公产"，立下"分家笔据"，规定子女不得继承，永远作为流通经典之所。杨文会居士以办学育才为振兴佛教的关键，呼吁开办释氏学堂，并于1907年在刻经处开设"祇洹精舍"，自编课本，培养通达佛学和中西文字的僧俗人才20余位。现代佛教革新运动的主将太虚大师，即为祇洹精舍的学员。栖云、了悟等现代名僧，亦曾就学于祇洹精舍。先后从杨文会居士学佛

1866年杨文会建金陵刻经处于南京，是中国近代持续时间最长、刻印佛教经卷最多的刻经处，对保护和弘扬中国佛教经藏具有重大贡献。1911年杨文会去世后，弟子欧阳渐继承延续至今。此为1915年3月金陵刻经处研究部成员合影。前排左起黄子山、刘抱一、王少湖；后排左起吕秋一、邹爱平、欧阳渐、黄悸华、姚柏年。

学者，还有欧阳渐、梅光羲、谭嗣同、桂伯华、李证刚、蒯若木、黎端甫、孙少侯、李澹缘、高鹤年、章太炎、谢无量等人，其中颇多政界、学界、教界的一流英才。美国哈佛大学东南亚研究中心主任豪威教授说，"杨文会先生，是中国佛教复兴之父。"

杨文会开创的佛教文教事业，由欧阳渐、吕征等继承发扬，继续校刻经典，研究义学。欧阳渐于1914年在金陵刻经处设立研究部，招收学员，研习佛学。1922年，经过数年筹备的"支那内学院"在南京正式成立，欧阳渐任院长。这是一所由居士主持的高级佛学院，设学问、研究、法相大学三部，学风颇为严谨。该院开办30年间，先后培育僧俗学人数百人，著名学者汤用彤、梁漱溟、熊十力、景昌极、缪凤林、黄忏华、田光烈等，皆出"内院"，梁启超亦曾赴内院听欧阳渐讲佛学。内院辑印的《藏要》，选择精当，校刊严谨。欧阳渐著述《竞无内外集》精深宏博，为现代佛学名著。欧阳居士对唯识学研究甚有成就，他是自唐玄奘大师、窥基大师之后，复兴唯识学的大师，欧阳大师和太虚大师被誉为民国初年佛教界的两大主流。其弟子和得力助手吕征，精通梵、巴、藏、英、日多种文字，其研究范围广罗印、汉、藏诸系佛学，著述等身，形成了独特的研究方法，为现代佛学研究的巨匠。

自从杨文会提出"居士佛教"的概念后，欧阳渐不断的推动，吕征的实践，最后居士佛教便大行其道，居士参与佛教事业的建设成为一股风气，也使有识之佛教居士脱离寺院自组学社，如念经会、莲社、佛学研究会等。除杨、欧、吕师徒三代之外，近现代投身佛教文教事业的居士还有不少。精究佛学，以文字弘法的居士阵容甚为壮大，著名者有梅光羲、贾题韬、南怀瑾等数十百人，其佛学著述的数量和质量，及社会影响之广，均不在比丘僧法师辈之下。近现代居士中，有不少军政界显要人物，如熊希龄、段祺瑞、曹锟、吴佩孚、孙传芳、徐世昌、程德全、林森、戴传贤、居正、吴忠信、屈映光、叶恭绰、靳云鹏、陈元白、蒋作宾、李根源、赵恒惕、唐继尧、李子宽、陈铭枢、胡瑞霖、王柏龄、朱子桥、施省之等，民国初曾任国务总理的熊希龄居士，被推为中华佛教总会会长，后来被聘为支那内学院院董。

3) 藏传佛教

　　西藏的达赖喇嘛、班禅喇嘛，外蒙古的哲布尊丹巴呼图克图，以及漠南蒙古的章嘉呼图克图，是藏传佛教最著名的四大活佛。清初先后册封了达赖和班禅，取得藏、蒙古族等地喇嘛教各派总首领的地位。在藏传佛教地区，达赖喇嘛是西藏三大寺（哲蚌寺、色拉寺、甘丹寺）系统所属的所有寺院的最高教主，同时，后来还主管前藏地区的政治事务，达赖喇嘛被看成是观世音菩萨的化身。在藏传佛教地区，班禅是扎什伦布寺和它所属寺院的最高教主，最大活佛，同时在后来，他还负责主持后藏地区的政治事务。按照藏传佛教的宗教理论，他是文殊菩萨的化身。呼图克图是中国蒙古地区对藏传佛教中活佛的称呼，意思是化身。这是仅次于达赖喇嘛和班禅喇嘛的称号。在历史上，藏传佛教流传各地的大活佛，只有得到清朝政府的册封和承认，才能称为呼图克图。这些活佛都要在清朝专门管理少数民族地区事务的机构理藩院正式注册，并且由政府发给印信。到清朝末年，在理藩院注册的呼图克图共达243人。

　　呼图克图又分为两大系统，漠北蒙古以哲布尊丹巴为首，漠南蒙古以章嘉为首。1688年，漠北蒙古由哲布尊丹巴率喀尔喀部归清。此后，各世哲布尊丹巴均受清廷册封，成为统治外蒙古的主要支柱。康熙三十年（1691），封章嘉喇嘛为"呼图克图"，灌顶普慧广慈大国师，总管内蒙古佛教事务。特别是章嘉活佛，与清朝政府的关系非常密切，主管着北京、山西、内蒙古等地的宗教事务，有很高的权威。由于格鲁派普遍实行转世制度，

清末安钦呼图克图。

所以呼图克图也实行这一制度。另外，一些中小寺庙也实行该制度，但不需要中央政府的批准，而他们就不能称呼图克图。

喇嘛教寺庙在藏、蒙古族等地是相当普遍的，其中著名的有西藏拉萨三大寺和大昭寺及小昭寺，日喀则扎什伦布寺，青海西宁塔尔寺，内蒙古锡林郭勒盟锡林浩特寺，北京雍和宫等。

1721年，清廷废除第巴职位，设立四噶伦管理西藏地方行政事务。清中叶以后，中央政府表面上仍维持了对藏区的主权，但由于国力开始下降，对西藏地区实际控制能力大不如前，致使西藏社会内部各种矛盾开始激化。这时，英国在征服了印度以后，开始觊觎西藏地区，成为破坏汉藏关系以及藏区稳定的主要因素。藏传佛教正是在这种民族矛盾和阶级矛盾错综复杂的形势下艰难地向前发展。

英国侵占西藏的图谋在吞并西藏周边尼泊尔、不丹、锡金及克什米尔地区后开始显露出来，19世纪初，当英国逐次侵略这些小国时，清政府见死不救，助长了英帝国主义侵略西藏的野心。这一时期执政的西藏主要宗教领袖是十三世达赖土登嘉措（1876－1933）和九世班禅却吉尼玛（1883－1937）。

蒙古喇嘛教寺院的乐器。

蒙古喇嘛僧修行的道场。

1895 年第十三世达赖喇嘛开始亲政，并打击了敌对势力，逐渐完全掌握了西藏的政治宗教大权。1904 年英国派荣赫鹏为统帅，率军攻入西藏。落后的藏军终无力抵御装备精良的英军，1904 年 8 月拉萨失守，达赖被迫逃亡内地，藏人再一次签订了屈辱的城下之盟。在第二次抗英斗争中，达赖、班禅并肩战斗，共同领导了抗英战争。英军占领拉萨后，因未抓获达赖，便极力拉拢班禅，试图以班禅替代达赖，但没成功。达赖 1904 年流亡内地后，经青海，过甘肃，入内蒙，沿途受到藏、蒙、汉各族人民的热烈欢迎。1907 年达赖入五台山朝佛，清廷见他威望甚高，又恢复其封号，加封"诚顺赞化西天大善自在佛"，还敦请达赖进京"陛见"。1908 年 8 月，达赖到达北京，受到清廷的隆重欢迎，数次与慈禧太后和光绪皇帝晤谈，双方皆有丰富的馈赠。不久，光绪与慈禧相继去世，达赖也于 1909 年返藏。

清廷任命赵尔丰为四川总督，在条件不成熟时在西康强力推行改土归流，结果激化了民族矛盾。1909 年清廷宣布赵尔丰兼任驻藏大臣，并派四川知府钟颖率 2 000 川军入藏，引起西藏僧俗贵族的极大不安。再加上川军纪律败坏，汉藏民族矛盾一时尖锐起来。达赖恐遭危险，逃往印度。

达赖出逃印度后，清廷再一次革去了他的封号，并请班禅"暂摄藏事"。班禅"暂摄"数月后坚决要求返回后藏。1912 年初，藏军驱逐清兵后，四川都督尹昌衡和云南都督蔡锷率军援藏，但此事在英国外交压力下被迫停止，从此民国政府再也无力在西藏驻军。1912 年 5 月，十三世达赖返回西藏，重掌政教大权，并整顿教务。但整个藏区经济停滞，政局动荡不定，藏传佛教发展有限。

第二篇　中华民国时期

一、浴火重生：思想和文学艺术

1.思　想

　　自清末以来，由于救亡图存运动屡遭挫折，民族工商业难以发展，积弊恶习尚未革除，风气萎靡不振。民初共和政体虽已建立，但因军阀政客的摧残而弊病百出，尤其是袁世凯大搞尊孔复古，使知识分子难以容忍。知识分子认为传统文化不良是造成近代中国衰敝的主因，认为只有全面革新，创造新文化，才能振衰起敝，新文化运动于是兴起。大本营是《新青年》杂志，由陈独秀在上海创办。新文化运动将矛头直指儒家的礼教，认为儒家思想是发展民主政治与建立新思想、新学术、新国民的障碍。陈独秀对传统文化批评最烈。《新青年》提出"德先生"和"赛先生"两大口号，来救治中国政治、道德、社会、学术及思想上的一切黑暗。他们强调学习西方的民主政治和科学精神，认为民主和科学是推动中国社会前进的两个轮子，要赶上欧美列强，必须"科学与民权并重"。民主和科学的主张，促进了对科学人才的培植以及各方面学术的进步，为五四爱国运动提供了思想基础。但是对传统文化全盘否定，认为民主和科学与中国传统文化处于对立的地位，一面主张西化，一面反对传统，造成盲目破坏传统，崇拜西学过于理想主义。当时把凡是中国所无的思想或主义，无不视为救治中国文化病根的稀世良药，一律称之为新思潮，并倾全力加以介绍及宣扬。因缺乏真实的体会和认识，反而导致社会陷于认识的混乱与思想的贫困。

新文化运动后期，马克思主义开始在中国流传。最著名的马克思主义思想家有李大钊、李达、艾思奇等。

1915年9月，陈独秀等人在上海创办《青年杂志》。

第一次世界大战后，欧洲学者罗素等对西方文化表示悲观，对中国儒家的道德哲学及道家的自然主义，深为推崇，原已对中国文化丧失信心的学者，又重新进行旧文化的研究工作。一些学者应用怀疑主义治学方法，针对古代的史事与思想，提出许多新论新解。胡适著有《中国哲学史大纲》等书，对先秦思想系统的整理，贡献最大。梁启超（中庸派）著有《中国近三百年学术史》等书，对清代思想史的整理，贡献卓著。梁漱溟著有《东西文化及其哲学》等书，强调西方文化是固执向前的，印度文化是偏执后退的，只有中国文化能执两用中，都带有文化民族主义特点。冯友兰的《中国哲学史》，张东荪的《多元认识论》，金岳霖的《可能的现实》均为哲学界所推崇。

2.文 学

1937年正月城南诗社同仁合影。

清末民初，中国文学发展已明显有求变的趋势，文言文无法满足社会需求，立宪派或革命派，都尽量以简易的文体向社会宣传。民国成立后，要求有适合大众的语言工具。报纸杂志事业的发展，更需要有大众化的文体去传播。新文化运动中，胡适、陈独秀等人提倡新文学，以改造旧文学。胡适在《新青年》发表《文学改良刍议》，提出八不原则，包括须言之有物、不摹仿古人、须讲求文法、不作无病呻吟、务去滥调套词、不用典、不讲对仗、不避俗字俗语。陈独秀发表《文学革命论》，主张建立国民文学、写实文学、社会文学以推倒贵族文学、古典文学、山林文学，正式揭起文学革命的旗帜。1918年，《新青年》开始用白话体出版，获得学界热烈的响应。北大学生傅斯年、罗家伦等人也创刊《新潮》杂志，成为文学革命的生力军，口语化、平民化、社会化的新文学，虽不断遭受保守派势力的反击，但仍迅速地由北京通行全国。在新诗、散文、小说及戏剧界，都出现了许多杰出的作家与优秀的作品，有助于教育的普及，也使得民主与科学的观念为一般人所熟知。

20世纪20-30年代，郭沫若等人倡导革命文学，强调一切文学都是宣传，必须为无产阶级革命服务。在上海成立中国左翼作家联盟，影响很大。以《前锋周报》等刊物为代表的民族主义文学派，高举民族主义旗帜，与国际派的左翼作家联盟对抗。现实主义派以沈雁冰等人为代表，其作品强调"对新的时代有所说明"的风格，最受读者欢迎，因为处在风雨飘摇的时代，人人都"需要现实的经验，需要应付现实的知识"。又有超现实主义派，以《新月》月刊为代表，著名的作家有徐志摩、梁实秋等。有讲求文艺形式与技巧的"第三种人文学派"及文体富涵幽默讽刺的"荼话文学派"，但均不具影响力。

3. 艺 术

1940年徐悲鸿应印度诗人泰戈尔之邀在印度国际大学讲学时与泰戈尔合影。

绘画：20世纪初，中国社会的剧烈变革带来了传统文化的失落。由于清朝的末世衰微与西方列强之入侵，加上资产阶级革命思想与西方文化的影响，

彻底否定中国文化是都市社会文化的主流，并迎合激进的革命思潮，成为文化发展的基本取向。在这种情况下，本来就不以现实社会功利为特点的中国画，尤其是高层次的"文人画"就成了首当其冲的替罪羔羊。

中国画家们作出了多向选择，形成了学习西方写实风格、追寻西方现代风格与继承中国绘画源流等三种取向。在这三种不同的取向中，第一类有成就的画家以徐悲鸿为代表，第二类较有成就的画家如林风眠与吴冠中，而第三类较有成就的画家更多，最著名的当推齐白石、黄宾虹与潘天寿。

20世纪堪称中国画大师的首推齐白石、黄宾虹、潘天寿。齐白石是一位全才画家，大凡花鸟虫鱼、山水、人物，无一不精，无一不新，决不蹈袭前人。黄宾虹以山水画和画史、画论著称。他喜欢用焦墨和浓墨，根据多年的实践，总结出"平、留、圆、重、变"五字用笔方法和"浓、淡、破、泼、焦、积、宿"七字用墨方法，具有很高的美术理论价值。黄宾虹作品有"黑蒙蒙"的特点，因为他在晚年发现了夜山的"雄奇、黑密、沉静"，这是一种境界与美学价值的发现。徐悲鸿的代表作有油画《田横五百士》，国画《愚公移山》、《泰戈尔像》等。

女明星周璇。

电影：20世纪20年代以后，电影放映业逐渐从上海、北京两地延伸到沿海及内地城市。除了在城市建立电影院外，电影也因为江湖商人的巡回放映，进而深入到小市镇和乡村。这个时期放映的影片大多是外国片。 电影创作有了突破。1931年中国共产党领导的左翼作家联盟，开始将目光投向社会，勇敢地去揭露当时中国最为严峻迫切的社会问题。《狂流》、《春蚕》、《渔光曲》等诸多影片首次在银幕上展现出了20世纪30年代中国农村和中国农民的悲苦人生。随后，《马路天使》、《姐妹花》、《神女》、《桃李劫》、《十字街头》等都是很有名的影片。

日本发动"九一八"事变侵略中国东北之后，电影主题主要是宣传抗日救亡。《大路》与《风云儿女》是代表作。《风云儿女》中由田汉作词，聂耳作曲的主题歌《义勇军进行曲》，在中华人民共和国成立后，被确定为国歌。著名的影片还有《保卫我们的土地》、《八百壮士》、《松花江上》与《八千里路云和月》等。

在此期间，中国涌现了"第一代导演"、"第二代导演"，同时也涌现了首批为广大观众欢迎的男女优秀演员。导演中成就最大的是蔡楚生、郑君里、费穆、吴永刚。蔡楚生导演的代表作为《渔光曲》、《一江春水向东流》；郑君里的代表作是《乌鸦与麻雀》；费穆的代表作为《小城之春》；吴永刚以编导《神女》一举成名。

我国早期电影演员中第一个引起广泛赞誉的是阮玲玉。在20世纪三四十年代，中国涌现了一大批著名电影演员。其中，女演员中最为突出的是胡蝶、白杨、舒绣文，男演员则为金焰、赵丹、蓝马等。

音乐：1900年之前，广袤的中国大地上基本是传统音乐的一统天下：民歌、说唱、戏曲、歌舞、锣鼓吹打、丝竹弦索、文人琴乐、诗词酬唱、庙堂之声，各依靠其千百年来自然传承的渠道，布满了民间社会的每一个角落，成为中国民众日常生活的精神伴物。20世纪，东西方文化交汇冲撞，中国音乐艺术掀开了波澜壮阔的崭新一页。留学日本的沈心工、李叔同等人受日本近代文化的感染，采用外来曲调填

冼星海（1905—1945），广东番禺人。1929年赴法国巴黎音乐学院学习。1938年底到延安，1939年任鲁迅艺术学院音乐系主任，同年6月加入中国共产党，曾谱写大量歌曲，《到敌人后方去》、《黄河大合唱》影响甚广。

新词的手段，创作了"学堂乐歌"，成为新音乐运动的助产士。无论就内容还是歌唱形式而言，"学堂乐歌"都与传统的民间音乐不大相同，它因此成为酝酿一种"新音乐"的先声，或者说是此前中国传统音乐与此后的现代音乐的一道"分水岭"。之后，各种体裁的音乐作品，如群众性的队列歌曲、进行曲、艺术歌曲、歌舞剧、歌剧、大合唱、清唱、交响乐、舞剧音乐、电影音乐等大量涌现，这标志着中国新音乐正式登上现代中国的舞台，以一个重要的角色

抗战开始，京剧表演艺术家梅兰芳困居上海，蓄须明志，不为日本人演戏。

来谱写 20 世纪的中国音乐史。在抗战救国的狂飙之中，成千上万首极具时代精神的音乐作品脱颖而出；除歌曲创作获得汪洋大海般的收获之外，交响乐、大合唱、歌剧、钢琴、小提琴等诸多领域均呈现出历史性的进展；冼星海、聂耳、贺绿汀、马思聪、吕骥等一大批音乐家在各自的领域作出了杰出的贡献。

艺术歌曲方面，20 世纪二三十年代的一批艺术歌曲，如《问》（萧友梅），《长城谣》、《铁蹄下的歌女》（聂耳），20 世纪三四十年代的抗战歌曲如《义勇军进行曲》（聂耳），《救国军歌》、《到敌人后方去》（冼星海），《大刀进行曲》（麦新），《游击队之歌》（贺绿汀），以及大合唱《九一八》（冼星海）、《八路军大合唱》（郑律成）等杰作，已经成为一座座用音符、用声音浇铸的历史丰碑。其中《义勇军进行曲》作为新中国的国歌，《黄河大合唱》作为一部音乐史诗，已经家喻户晓，脍炙人口。

在 20 世纪二三十年代出现了《天涯歌女》（贺绿汀）等优秀流行歌曲。歌剧创作始于 20 年代，从 1920 年到 1928 年，作曲家黎锦晖（1891-1967）接连创作了《葡萄仙子》等 12 部儿童歌舞剧。

当时在陕北根据地掀起了编、演秧歌剧的热潮，产生了一批优秀的秧歌剧，如《兄妹开荒》、《夫妻识字》、《光荣灯》、《牛永贵挂彩》等。1945 年 4 月，在延安上演了具有里程碑意义的新歌剧《白毛女》。

4.文物保护和文化设施

文物是一个国家、一个民族历史与文化传承的重要载体和实物见证，是文化的血脉，是联系历史与现实的纽带。

在鸦片战争之后的一百余年间，由于政治腐败、军阀混战、经济凋敝，尤其是外敌入侵，使大量的文物惨遭浩劫。大批国宝级文物长期流落他乡异国。据不完全统计，仅在47个国家的200多个博物馆中，就有精品中国文物不下百万件。散落在世界各地民间的中国珍贵文物，更是数量浩繁。外国侵略者抢夺了包括曾经在中国历史上辉煌一时的西夏王朝的文物多处，中国近代对西夏历史和文字的研究，几乎所有资料都要向俄国索要。日本在破坏中华文明的过程中，扮演了极不光彩的角色。从1902年起，日本就开始断断续续地劫掠中国文物。1943年前，经美籍人士考察，仅书籍一项，日本人从中国掠走就不下1500万册。据国民政府教育部编制的《战时文物损失目录》和《文物损失数量估价表》统计，

天安门，明代称承天门，是明清两代皇城的四座城门之一，皇城四门，南称天安门、东称东安门、西称西安门、北称地安门（明称北安门）。此门是国家举行各类大典时举行"颁诏"仪式的地方。此照摄于1901年八国联军攻入北京之后，城门上仍留着炮弹弹坑。直到1952年人民政府维修城楼时，还在木梁上取出三颗未炸的炮弹；就连天安门前的石狮、华表，也是身皆有伤，那时的天安门城楼，梁柱上有发臭的鸽粪，奔窜着肥大的野鼠，城台上是破损的城砖残瓦，琉璃瓦的屋顶上衰草摇曳。广场上坑洼不平，满是垃圾粪便。

黄鹤楼。位于武昌蛇山黄鹤矶头。相传建于三国时期，历代屡修屡建，为中国江南三大名楼之一。此楼于光绪十年（1884）被焚毁。此照为毁前所摄。

战时中国被掠夺和被摧毁的文物，查明有据的计有书籍、字画、碑帖、古物、仪器、标本、地图、艺术品、杂件等共360万件又1870箱，古迹741处。南京沦陷之后，日军设立专门的指挥部门，组织330名特工、400名士兵和830名苦力，动用十辆卡车，对南京地区的图书和文物进行了3个多月有计划、大规模的掠夺。日军抢夺了从故宫南迁到上海的尚未转移的3000多箱珍贵文物，掠夺了中央研究院的图书资料和标本1 052箱，还从金陵女子大学抢走古籍和珍贵文献等1 700余册。日军还大肆掠夺南京民间所收藏的文物和文献资料。其中，南京大石坝街50号著名中医兼词学家石云轩家，被劫珍贵书籍四大箱，古玩字画两千多件。全国闻名的丁氏"八千卷楼"藏书楼，也几乎被洗劫一空。1945年抗日战争结束时，据中国政府的粗略统计，日本抢夺的中国文物达360万件又1 870箱，破坏古迹741处。但作为战胜国，中国政府仅艰难地索回周口店出土化石10箱、古籍35 000余册、张学良将军收藏缂丝古画58轴。直到今天日本依然拒绝归还许多在中国抢夺的艺术品和文物。

岳阳楼。位于洞庭湖畔的湖北岳阳西汀城楼上，是江南三大名楼之一。相传建于三国，为吴将鲁肃练水师的阅兵台。此楼几经兴废，清朝同治六年（1867）重建。此照摄于民国初年。

滕王阁。位于江西南昌赣江边。唐永徽四年（653年）始建，以王勃所作的《滕王阁序》而知名天下，为江南名阁之一。其后此阁屡毁屡修，直至1926年被北洋军阀邓如琢部焚毁。此照摄于民国初年。

大雁塔。位于西安南郊的大慈恩寺内，塔高64米，是唐代遗留下来的著名佛塔。此照摄于1904年。

散失世界各地的中国文物，大都有惨痛的经历。如今仅存残迹的圆明园就是无言的历史见证。圆明园自康熙以来历代帝王所藏的纯金、镀银、玉雕、铜铸佛像达10万尊以上，自此悉失；圆明园文源阁所藏《四库全书》编纂于乾隆年间，参与人员3 000余人，历时10年，收典籍3 503种，计79 337卷，分装36 304册，共230万页，7.75亿字，自此悉失，鲜有再现；圆明园所藏商周青铜器、历代瓷器精品、古籍孤本、名人书画、宫廷画作、皇帝玉玺、妃嫔宝牒、玉器、漆器、牙雕珐琅、景泰蓝、珊瑚、玛瑙、琥珀、水晶、宝石、珍珠、皮草丝绸、木雕等绝世宝物，愈千愈万，无以胜计，自此悉失，鲜有再现；法国拿破仑三世皇帝在枫丹白露宫专门建造中国文物馆，用以收藏圆明园珍宝；大英博物馆收藏了东晋顾恺之的《女史箴图》（唐人摹本），还有一件乾隆年间从权臣和珅家抄出的长3尺、高2尺的白玉马。法国文豪维克多·雨果写于1861年11月25日的《致巴特莱上尉的信》是被世人引用最多的最著名的关于圆明园惨遭劫掠的文字："在世界的一隅，存在着人类的一大奇迹，这个奇迹就是圆明园。艺术有两种渊源：一为理念从中产

大境门及张家口长城。位于河北张家口市，原为明代长城的一个关隘，修建于明朝成化二十一年（1485年），此门处于两山交接的山谷之中，为历代兵家必争之军事要隘。此照摄于清朝末年。

生的欧洲艺术，一为幻想从中产生的东方艺术。圆明园属于幻想艺术。一个近乎超人的民族所能幻想到的一切都汇集于圆明园。圆明园是规模巨大的幻想的原形，如果幻想也可以有原形的话。只要想象出一种无法描绘的建筑物，那就是圆明园。假定有一座集人类想象力之大成的灿烂宝窟，以宫殿庙宇的形象出现，那就是圆明园。为了建造圆明园，人们经历了两代人的长期劳动。那么这座像城池一般规模巨大，经过几个世纪营造的园林究竟是为谁而建的呢？为人类。因为时光的流逝会使一切都属于全人类所有。"

"这一奇迹现已荡然无存。有一天，两个强盗闯进了圆明园。一个强盗大肆掠劫，另一个强盗纵火焚烧。""这两个强盗，一个叫法兰西，另一个叫英吉利。""我渴望有一日法兰西能摆脱重负，清洗罪恶，将会把这些赃物交还给被劫夺的中国！"

1926年，斯文·赫定的考察队来华，引起中国知识界的强烈抗议，迫于压力，国民党南京政府立法院在1930年颁布《古物保存法》，这是中国有史以来第一个文物保护法规。随后，中国海关对文物出口，也作出了一些相应规定。梁思成是中国文物建筑保护学科的倡导者。抗日战争后期，在盟军大反攻时，他编辑了中国

南京城垣。建于元朝至正二十六年（1366年）至明朝洪武十九年（1386年），全长33.65公里，高14－21米不等，顶宽7米，蔚为壮观，为世界第一城墙。图为其中一段，摄于民国初年。

清朝京师图书馆是现北京图书馆的前身，1908年建立，该馆先后以什刹海广化寺、北海庆霄楼、中南海居仁堂等寺为馆址，1931年建成文津街新馆。图为1930年位于北京中南海居仁堂的国立图书馆外景。

古城、古建、古迹的保护名单，并标在相应军用地图上，使若干重要建筑得以保全。

中国古代只有孔庙等少量文化设施，近代以来，受西方影响，开始兴建图书馆、博物馆、美术馆等文化设施。

国民政府定都南京后，加强首都建设，这是南京中央大学科学馆。

民国时期哈尔滨的大博物馆。

二、改造国民：教育

1.民国初期的教育改革

1）建立新的教育行政制度

辛亥革命成功后，中华民国于1912年元旦宣告成立，孙中山就任中华民国临时政府大总统。1912年1月，成立中央教育部，蔡元培任教育总长，立即着手进行资产阶级性质的改革。

教育部是中央教育行政组织机构。教育部组织置承政厅、普通教育司、专门教育司、社会教育司。与清末学部相比，民国初年的教育部机构设置更为精简与合理，职能分工也更恰当与明确。尤其是社会教育司的设置，使社会教育与普通教育、专门教育立于平等地位，不仅有利于民众教育的发展，而且对普及教育也有促进作用，这是当时教育部组织的最大特色。

1912年8月，临时大总统袁世凯公布《修正教育部官制》12条，经过1913年12月和1914年7月两次修订，1914年7月，经国会通过公布《教育部官制》19条，基本确定了教育部组织制度，一直沿用到1927年都没有大的变动。

临时政府时期，地方教育行政一时无暇顾及。各省或为都督府的教育科，或为省公署的教育司，总理全省教育事务。县教育行政仍沿用"劝学所"制。直到1917年9月，颁布《教育厅暂时条例》，各省始建独立的教育厅。1923年3月，以北京政府黎元洪大总统令，正式颁布《县教育局规程》和《特别市教育局规程》，规定在县市设教育局为教育行政机关。县教育局长在县知事领导下主持全县教育行政事务，并督促指导属于该县之市乡教育事务。市乡由县教育局酌划学区，每学区设教育委员1人，由教育局长指挥，办理本学区的教育事务。至此，县级教育行政制度才算正式确立。

2）确立新的教育方针

为了统一全国教育制度，教育部于1912年1月19日颁布了《普通教育暂行办法》和《普通教育暂行课程标准》，对清末教育制度进行了初步改革。

《普通教育暂行办法》共14条，其重要内容为：①原有学堂均改称学校，监督、堂长一律通称校长；②初等小学，男女同校；③各种教科书，务合乎共和民国宗旨，清学部颁行的各种教科书，一律禁用；④民间流行的教科书凡内容与形式具有封建性而不符合共和民国宗旨者，即予改正；⑤小学读经科一律废止。小学手工科，应予注重；⑥中学校为普通教育，文实不必分科；⑦废止旧时奖励出身制度。《普通教育暂行办法》明确否定了清末以"忠君"、"尊孔"为核心的旧教育，体现了民主共和的基本精神，揭开了民国初期教育改革的序幕。

1912年7月召开的全国临时教育会议，讨论通过了蔡元培提出的新的教育宗旨，9月2日由教育部正式颁布实行。新的教育宗旨是："注重道德教育，以实利教育、军国民教育辅之，更以美感教育完成其道德"。这里所说的"道德教育"，是培养适应民主共和制度的公民道德意识和行为。所谓"实利教育"，相当于智育，是指学习适应近代生产的知识技能，这既是社会和国家发展的需要，也是个人生存和发展的需要。所谓"军国民教育"，即体育和军事教育，目的在于养成健康的身体和自卫的能力。所谓"美感教育"是指音乐、图画、手工等艺术教育。这一教育方针体现了资产阶级关于人的德、智、体、美和谐发展的思想，否定了清末教育宗旨的实质，从而在教育方针上消除了封建专制教育的影响。这一教育方针以道德教育为核心，将培养受教育者使之具有共和国公民的健全人格作为首要任务。它的颁布，为民国初期资产阶级的教育，确立了进步的指导思想。

3）壬子癸丑学制的颁行

1912年7月10日开幕的全国临时教育会议历时一个月，讨论了许多重要的教育政策与措施。会议讨论并制定了新的学制，以《学校系统令》于1912年9月3日颁布实行，称"壬子学制"。"壬

1914年河北冀州褚仪村冀四织工传习所教员与60名学员合影。

子学制"颁行后，至1913年8月的一年间，教育部又陆续公布了《小学校令》、《中学校令》、《师范教育令》、《实业学校令》、《专门学校令》、《大学校令》、《小学教则及课程表》、《中学校令施行规则》、《师范学校规程》、《高等师范学校规程》、《公私立专门学校规程》、《大学规程》等，其中有些规定对"壬子学制"作了补充和修改，于是1913年（癸丑年）将这些法令、规程与壬子学制综合为一个统一的学校系统，称之为"壬子癸丑学制"。

"壬子癸丑学制"从横向把整个国家教育分为三大系统：普通教育、师范教育与实业教育。从纵向分析，则把整个学校系统分为三段四级：第一段为初等教育，分为两级，初等小学4年，是义务教育，实行男女同校；高等小学3年，男女分校。"小学校教育以留意儿童身心发育，培养国民道德之基础，并授以生活所必需之知识技能为宗旨。"其课程，初等小学有修身、国文、算术、手工、图画、唱歌、体操，女子另课缝纫，遇到不得已时，可暂缺手工、图画、唱歌一科或数科。高等小学教学科目有修身、国文、算术、中国历史、地理、理科、手工、图画、唱歌、体操，男子另课农业，女子加课缝纫。第二段为中等教育，仅设中学校一级，学习期限4年。中学以完成普通教育，造成健全国民为宗旨。"在《中学校实行规则》中规定，中学业的教学科目为修身、国文、外国语、历史、地理、数学、博物、物理、化学、经济学、图画、手工、乐歌、体操，女子中学加课家事、园艺、缝纫，外国语以英语为主，但遇地方特别情形，得任择法、德、俄语一种。第三段为高等教育，有大学、专门学校和高等师范学校。大学修业期限是预科3年，本科3年（法科和医科药学门）或4年（文、理、商、农、医、工等科）；专门学校和高等师范学校的修业期限是预科1年，本科3年。整个学制17至18年，儿童自6岁入小学，至23（或24）岁大学毕业。另外，小学以下设蒙养院，大学以上设大学院，均不计入学制年限之内。

壬子癸丑学制与癸卯学制一样，仍以日本学制为楷模。但在资产阶级民主主义精神指导下，与癸卯学制相比，壬子癸丑学制的进步是显而易见的：①壬子癸丑学制废除了清末"忠君"、"尊孔"的教育宗旨，废止了旧式教育的读经讲经课和不合乎民国宗旨的教科书，取消了清末贵胄学堂，摒除了各级各类学堂毕业生奖励科举出身的制度。②女子教育在学制中占了一定地位。癸卯学制根本没有女子教育的规定，1907 年虽有女学堂章程，也仅限于设立女子小学堂和女子师范学堂。壬子癸丑学制规定，不仅初等小学可以男女同校，而且中学、师范学校、高等师范学校和各类实业学校，均可为女子单独设校，在一定程度上体现了民国时代男女都有平等受教育的权利。③缩短了整个学制的修业年限 3 至 4 年。壬子癸丑学制整个学制年限 17—18 年，比癸卯学制缩短了 3 至 4 年，其中小学缩短 2 年，中学缩短 1 年，比较符合当时国民经济发展水平，同时也有利于课程的合理配置，加快人才的培养和输送。④在课程的改革上，取消了忠君、尊孔的课程，增加了自然科学课程及职业类、法制类、经济类新课程，注重生产技能的训练，要求教育联系儿童实际，适应儿童身心发展的特点。

2.北洋军阀政府的复古主义教育

1912 年 3 月，袁世凯就任民国大总统职位，建立了北洋军阀政府。在北洋军阀统治下的中国社会，交织着帝制与共和、独裁与民主、复辟与反复辟的激烈斗争。为了复辟封建帝制，北洋军阀政府在思想上、教育上掀起了复古主义的逆流。

袁世凯为了巩固复辟后的封建专制统治，视"兴学为立国要图"，把教育纳入到复辟帝制的轨道。1913 年 10 月，他在法律上使复古教育获得合法性地位，在《天坛宪法草案》中规定："国民教育，以孔子之道为修身大本。"1915 年 1 月和 2 月，袁世凯发布了《颁定教育要旨》和《特定教育纲要》，明确提出了封建复古的教育宗旨，即：爱国、尚武、崇实、法孔孟、重自治、戒贪争、戒躁进。"教育要旨"的核心是"法孔孟"。

1913 年 6 月，袁世凯发布《尊孔祀孔令》，通令学校恢复祀孔典礼。1914 年 6 月 24 日，北洋政府教育部正式下令学校尊孔读经，通饬京内外各学校、各书坊："修身及国文教科书采取经训，务以孔子之言为指归"。 1915 年，正当袁世凯复辟帝制进入揭幕阶段时，教育部通令全国，编纂修身及国文教科书，所采取的经训皆以孔学为标准。在《特定教育纲要》中更进一步规定："中小学校均加读经一科，按照经书及学校程度分别讲读，由教育部编入课程"，并详细规定了中小学必读经书的目录。

1915 年，袁世凯政府对学制进行调整，形成 4 年制的国民学校与 7 年制的完全小学并立，实际上成为双轨。这就使壬子癸丑学制单轨学制的民主主义精神丧失殆尽了。

3. 新文化运动推动下的教育改革

袁世凯垮台后，范源廉任教育部长，宣布仍然执行民国元年的教育方针，扭转了封建教育的复辟。

蔡元培任北大校长后的第一次演讲中，就明确提出："大学者，

中华民国国语罗马字促进会为改革汉字，于 1934 年 9 月 24 日在郑州举行第一次全国代表大会，会议代表 70 余人，大会主席为黎锦熙，会议为中国汉字实现拼音化，统一国语起了重要作用。图为大会闭幕的会场。

研究高深学问者也。"他主张继续推行民初制定的新教育方针,"循思想自由原则,取兼容并包主义","大学者,'囊括大典,网罗众家'之学府也。"因此,应该允许有不同学术观点的人同时在大学任教。"思想自由,兼容并包"体现在教师的聘任上,就是只问学问、能力,不问思想派别。蔡元培在北京大学聘请教员"以学诣为主",罗致各类学术造诣深湛的学者,使北大教师队伍一时出现流派纷呈的局面。如在文科教师中,既有陈独秀、李大钊、胡适、鲁迅、钱玄同、刘半农等新派人物,又有辜鸿铭、刘师培、黄侃、黄节、陈汉章等政治上保守而学问深湛的学者,使北京大学教师队伍焕然一新,成为一个网罗众家、各种学派竞相争鸣的学府。

新文化运动中另一个影响最大的方面,就是以白话文取代文言文。白话文的推行不仅推动了文学革命,使文学更接近人民生活,特别是儿童文学,而且使口语和书面语相一致,从而大大减轻了学习阅读和写作的负担,为真正在民众中普及教育创造了一个基本条件。胡适、鲁迅等人都是白话文的积极开拓者。商务印书馆、中华书局出版的教科书中也开始用一些白话文。1920年,教育部正式规定从一二年级开始使用白话文教材,到1922年止,除语文课本中的文言文课文外,所有的文言文教科书停止使用。

国语就是普通话的前身,推广全国通行的语言,不仅有利于不同地方人士的交流,而且也有利于提高教育的规范性。推广国语需要有标准的注音方式,注音字母的推行起着关键作用。1917年10月,全国教育联合会决议请教育部速定国语标准,并设法将注音字母推行各省区,以为将来小学改国语之预备。1918年,教育部正式公布注音字母。蔡元培等创办的孔德学校曾自编过国语教材。江苏省规定各校都要用国语教学。但总的看,国语的推行尚达不到全国范围。

新文化运动推动了女子受教育权利的提高。1917年全国教育会联合会第三届会议向教育部提出推广女子教育案。到1920年,北京大学首次招收女生,以后各高校纷纷效仿,一些进步的中学也开始男女合校,甚至同班。这些措施标志着男女生在受教育的制度上的区分已基本消除。最终改变了自古以来男女教育不平等的历史。

4.壬戌学制

　　袁世凯复辟帝制失败后，在全国进步人士的强烈要求下，1916年9月，国务院命令撤销袁世凯的《教育要旨》，恢复民初的教育宗旨。然而，对1912年9月教育部所制定的教育宗旨，教育界也存在争议。特别是第一次世界大战结束后，德国的军国民教育为世所诟骂，美国民治主义和杜威教育思想对中国产生了很大影响，民初的教育宗旨也面临重新修订的问题。

　　1919年4月，教育部组织的教育调查会在北京召开第一次会议，讨论教育宗旨问题。会员沈恩孚、蒋梦麟向会议提交了《教育宗旨研究案》，主张废止民国元年的教育宗旨，向欧美学习，另拟新的教育宗旨。他们建议以"养成健全人格，发展共和精神"为新的教育宗旨，并对此作出具体说明："所谓健全人格者，当具下列条件：①私德为立身之本，公德为服务社会国家之本。②人生所必需之知识技能。③强健活泼之体格。④优美和乐之感情。所谓共和精神者：①发挥平民主义，俾人人知民治为立国根本。②养成公民

1923年北京师大同仁欢送前校长李湘宸赴欧美考察教育。

自治习惯，俾人人能负国家社会之责任"。《教育宗旨研究案》虽经会议讨论通过，但教育部未据呈公布。后来，受美国教育家杜威"教育本身无目的"的影响，中国教育界一度认为教育宗旨没有存在的必要。1919年10月在太原召开全国教育会联合会第五届年会，又提出以"养成健全人格，发展共和精神"为教育本义，废除教育宗旨。

1922年9月，北洋政府召开全国学制会议，制定了《学制改革案》，于同年11月1日以大总统的名义颁布，这就是1922年"新学制"，或称"壬戌学制"。 作为学制的指导原则有七项标准，即：发挥平民教育精神；注意个性之发展；力图教育普及；注重生活教育；多留伸缩余地，以适应地方情形与需要；顾及国民经济力；兼顾旧制，使改革易于着手。

新学制仍把学校教育分为普通、师范和职业教育三类。在普通教育方面一反清末民初依照日本学制的模式，而采用美国的"六·三·三·四"单轨制形式。1922年新学制的主要特点是：其一，它缩短了小学年限，并允许实行弹性制，从而有利于初等教育的普及。其二，延长了中学年限，同时将中学分为两段，有利于提高中等教育的水平。高中毕业已达到接受高等教育的水平，因此可以取消大学预科，有利于大学集中力量进行专业教育和科学研究。其三，职业教育渗透到普通教育中，小学高年级可斟酌地方情况，设置职业准备教育，初中也可视需要兼设各种职业课程，高中则是普通科与职业科并立，这样就在各个层次上兼顾学生升学和就业两种准备，使学生有较大发展余地，适应不同发展水平学生之需。其四，将幼稚园正式列入学制中的一级教育，标志着幼儿教育的地位得以确立。其五，不再单列出女子学校，意味着承认男女受教育的完全平等。

总的来看，1922年学制比较彻底地摆脱了封建传统教育的束缚，且更重视基础的、民众的教育，在培养各个层次的人才、适应社会和个人需要方面是比较和谐的。学制比较简明，又留有充分的灵活性。因此，这个学制后来除了在某些方面有所改动外，它的总体框架一直延续下来，所以，1922年学制标志着中国近代以来的学制体系建设的基本完成。

5.平民教育运动

　　20世纪20年代后期到30年代中期，随着教育民众化和普及化的理念越来越深入人心，教育界越来越关注中国民众所在的最广阔地域——乡村。主要有乡村建设派：以梁漱溟在河南、山东邹平县的实验区为代表，进行社会风俗的改良，如禁缠足、戒早婚、提倡卫生等，提倡农村建设运动，如改良农业、造林、修路等，以达成乡村自治的目的。平民教育派：以晏阳初在河北定县领导的最著名，以广设平民学校来提升民众的知识、生产力和公德心。教育内容分为文艺、生计、公民、卫生四大类，以改革中国人愚、穷、私、弱四大缺点。乡村生活改造派：以陶行知创立的南京晓庄试验乡村学校为代表。以乡村学校为改造乡村生活的中心，实行生活教育，领导学生去征服自然，改造社会。后虽停办，但其寓教育于生活的试验，后来为许多乡村师范学校仿行。此外还有梁漱溟的"乡农教育"实验。1930年他在河南辉县百泉村办起河南村治学院，1931年又到山东，在邹平办起山东乡村建设研究院。在政府的支持下，实施政教合一，分学区开办乡农学校。

6.南京国民政府时期的教育

　　1924年，孙中山模仿苏联以党治国模式，强调政治上一切举措都以党纲为依据。"党化教育"的概念由此推衍而出。1927年7月，《国民政府教育方针草案》出台，其中阐述了"党化教育"的涵义：所谓党化教育，就是在国民党指导之下，求得教育的革命化、民众化、科学化、社会化，即把教育方针建立在国民党的根本政策之下，按国民党的党义和政策的精神重新改组学校课程，不仅造就各种专门人才，尤其要使学生走出学校后都能做党的工作。从此党化教育开始在各地推行。1928年，废止"党化教育"，代之"三民主义教育"宗旨。1929年，《中华民国教育宗旨及其实施方

民国时期日本关东
工程学院。

20世纪40年代光着脚丫上学的小学生。

针》通令颁行，其宗旨表述为："中华民国之教育，根据三民主义，以充实人民生活，扶植社会生存，发展国民生计，延续民族生命为目的；务期民族独立，民权普遍，民生发展，以促进世界大同。"至此，国民政府的教育宗旨才得以正式确立，"三民主义"教育宗旨终告形成。

南京国民政府从小学到大学建立了一套完整而严密的训育制度，在高中以上实行严格的军事训练和军事管理，在初中和小学进行童子军训练。并颁布课程标准，实行教科书审查制度，强化学校的教学管理。抗日战争时期，国民政府又推行新县制和国民教育制度，对国民教育管理的规范化与教育行政效率的提高具有积极意义。

尽管受到连年内战、外敌入侵的干扰，受到政府高压政策的束缚，但由于广大教育工作者的努力，教育事业还是有一定发展的。学龄儿童入小学者，1929年为17%，1936年增至43%，中学生增至60%，师资均符合规定。除边远地区外，各省均有公立私立或教会办理的大学或专门学校，教授以曾在美国受教育者为多。1932年后，教育经费从不拖欠，教授生活安定。中华教育文化基金会、中英庚子赔款委员会不断补助各大学的设备费，研究风气日盛，学术水准提高。公立大学以北京大学、清华大学、中央大学（南京东南大学改称）著名，私立大学以天津南开大学、北平燕京大学著名。1932至1937年这五年，可说是民国以来教育学术的黄金时代。

1935年，高等教育界均知中日战争无可避免，北平、天津、南京若干大学开始向华中及西南一带觅地筹建校舍，作必要时迁移准备。战时以中央大学的规模最大，设备较完善。

7.新民主主义教育

在中国共产党建立的苏区、抗日根据地，教育事业都有巨大发展。确立了与南京国民政府根本对立的教育方针和制度，也确立了崭新的教育体制。为了提高革命军队和工农群众的文化与觉悟，巩固和发展新生的革命政权，明确提出了教育为工农大众服务、为革命战争服务、为建立和巩固红色政权服务的宗旨。抗日战争时期又提出了新民主主义教育方针。

中国共产党特别重视干部教育，在1942年，中共中央制定了干部教育第一的政策。苏区的干部学校在办学方面较有特色的、影响较大的有苏维埃大学、红军大学、中央农业学校等。抗日战争时期有中国人民抗日军政大学（简称抗大）、陕北公学、鲁迅艺术文学院（又称鲁迅艺术学院）、延安大学、华北联合大学。

中国共产党还十分重视初等教育，努力发展小学教育。根据地把工农群众教育称为社会教育。为了提高广大工农群众的文化水平和阶级觉悟，中国共产党把发展广泛的社会教育，努力扫除文盲作为苏维埃文化建设的中心任务，并采用夜校、识字班、补习学校、星期学校、半日学校、读报组、识字牌、俱乐部、列宁室等多种多样的群众教育方式，对广大工农群众进行政治、文化、军事教育，初步形成具有一定规模的社会教育系统。

徐特立（1877-1968）是我国老一辈的无产阶级革命家、老解放区新教育的创始人和领导者之一。他的教育思想，对我国新民主主义和社会主义教育事业的发展都具有重要影响。

8.日本侵略者的殖民教育制度

日本占领东北后，加强对各民族教育事业的控制，大量裁减私立学校，由殖民当局统一操办，虽然普及教育率大大提高了，但推行的是奴化教育，日语被定为国语，削减朝鲜语、汉语的课时，

日殖时期台北州下
南澳童教育所。

伪满时期日本移民
村内的小学校。

日殖时期台北州下
南澳童教育所。

历史和地理课也是以日本为主。

日本殖民者在台湾实行一种差别教育制度和强迫同化政策。他们把初等学校分为小学校、公学校和教育所三种，小学校的师资力量最强，设备最好，专收日本学童；公学校的师资力量和设备都很差，专收台湾学童；教育所由警察担任教学，根本谈不上什么设备，专收"蕃族"儿童。学龄儿童就学率，日生达99.40%，台生仅46.69%，还不及日生的一半。1941年太平洋战争爆发后，为了加紧推行同化政策，才在名义上把小学校和公学校一律改称"国民学校"，但教学内容仍然维持不变，日童教学使用课程第一表，台童使用第二表，"蕃童"使用第三表，程度悬殊很大。所有初等学校的教学全部使用日语，禁读汉文，并且通过修身、历史等课程对台生灌输日本国体观念，教师大都是日本人，校长和教师是官员身份，校长具有无上权威。台生在学校内的地位也比日生低一等。至于台湾的中高等教育，主要是为便利居台日人子弟升学而设，根本没有想为台湾省造就高级科技人才，所以对台生进入中高等学校加以种种无理的限制。

三、独尊西医：卫生

1.卫生行政系统的确立

辛亥革命后，在内务部设立卫生司。1913年，卫生司改为内务部警政司卫生科。北伐战争结束后，国民政府为了加强卫生行政管理，于1927年在内政部下置卫生司，掌管卫生行政事宜。1928年11月改设卫生部（1932年改为卫生署），卫生部内设总务、医政、保健、防疫、统计五司；另设中央卫生委员会为设计审议机构。其后又陆续增设中央医院、中央卫生试验所、西北防疫处、蒙绥防疫处、麻醉药品经理处、公共卫生人员训练所及各海关检疫所等机构，中央卫生行政体制逐渐完备。

南京国民政府公布《全国卫生行政系统大纲》，规定省设卫生处，市县设卫生局，

1946年的中国红十字会北平医院大门。

各大海港及国境冲要地设海陆检疫所，卫生改建制，至此始告确定。

2.医药管理制度及卫生法规

在近代医学迅速发展的形势下，北洋政府也颁布了一些法令和法规，对推动近代西医在中国的传播有积极作用。1916年3月，北洋政府内务部公布《传染病预防条例》，列出规定的传染病为8种：霍乱、痢疾、肠伤寒、天花、斑疹伤寒、猩红热、白喉和鼠疫。条例还规定了传染病预防的措施、传染病报告等条款，共25条。1918年元月，又公布了《检疫委员会设置规划》、《火车检疫规则》和《清洁方法消毒方法》等法规，对防止传染病传播起到了一定作用。

南京政府成立后，卫生部1928年12月公布了一个试行的卫生法规《卫生行政系统大纲》，同时还公布了一批有关传染病预防，环境卫生管理、食品卫生管理及接生婆管理等条例和法规。1931年，卫生署出版了我国近代第一部药典：《中华药典》。这是近代药政管理工作取得的一项重要成就。据不完全统计，南京政府至1948年，先后颁布了有关卫生行政方面的法规条例19个；医政管理方面的36个；药政方面的13个；防疫方面的10个；公共卫生方面的16个；医学教育方面的12个；妇幼卫生方面的4个；红十字会方面的6个。虽然这些法规、条例在部分地区发挥过一定的作用，但也不过是杯水车薪，很难满足实际情况的需要。

3.检疫防疫

清末我国的某些大中城市已有了管理公共卫生的机构，但多为外人办理且影响不大。

辛亥革命以后，我国地方政府开始了我国自己公共卫生事业的创建，一些大中城市逐渐建立了疫情报告和防治体系。1912年广东省卫生处成立，1915年，北京建立了第一家传染病医院，1934年上海在闸北开设了一所150张病床的隔离医院，1932年南京成立了夏季流行病预防联合处，同时还开设了有40张病床的隔离医院。北平、汉口、广州等地也都新建和扩建了类似的医疗机构。并开始注意妇幼卫生、乡村卫生、工业卫生、学校卫生、食品卫生工作。

1930年，由卫生部主持拟订全国《海港检疫条例》，伍连德被任命为新成立的海港检疫处处长。1930年6月28日，卫生部公布了我国第一个全国性的《海港检疫章程》，与此同时还公布了《海港检疫消毒蒸熏及征费规则》和《海港检疫标式旗帜及制服规则》，并通令全国各口岸分别施行。这标志着我国正式收回海港检疫权。1930年9月，卫生部委派伍连德兼任上海海港检疫所所长。1931年相继接收了厦门、牛庄(营口)及安东(丹东)检疫处，1933年接收了天津、塘沽、秦皇岛检疫处，1936年又接收了广州、汕头检疫处。此后，中国陆续从外国人手中收回了各港口的检疫权。

至1947年，我国医疗卫生行政的总体框架已基本形成，颁布了一些卫生法规和条例，收回了海港检疫权，全国各类医疗卫生机构达2575个，全国医药卫生人员为30 590人。

4．医学教育

辛亥革命以后，北京、直隶、江苏、浙江、广东等省先后设立一些国立或公立医学校。如1912年北京成立北京医学专门学校(北京医科大学前身)。1912年杭州成立浙江省立医药专门学校(浙江医科大学前身)。1912年苏州成立江苏医学专门学校(1927年并入上海医学院)。1916年，保定成立省立直隶医

旅顺日本红十字医院。

学专门学校(1949年4月改称河北医学院)。1921年南昌成立江西公立医学专门学校。1927年创办国立同济大学医学院。我国还相继开办了一些私立医学院校。

南京政府成立后至抗日战争前，国民党政权处于相对稳定状态，社会经济得到了一定的发展，医疗卫生工作及医学教育也取得了一些进步。这一方面是由于国民政府认识到了发展医药卫生事业在国民经济中的重要作用，另一方面是受过现代医学科学训练的中国医务工作者的队伍已经形成。相当一批留学海外的知识分子抱着"科学救国"、"教育救国"的心愿回到祖国，积极努力工作，对医学教育的发展有着重要影响。在这段时期内，我国自办的医学校，无论是国立或省立者都有较大的发展，为中国的医疗卫生事业培养了一批人才。据1937年教育部医学教育调查统计，当时全国有公私立大学医学院，独立医学院，医药、牙科学校及专修科总计33所。其中国立4所，省立7所，私立6所，教会办8所，外国人办4所，军医学校2所，不详者2所。

东北地区的西医教育，在日帝、沙俄势力角逐时期，几乎当时所有的医学院校直接受到外国的控制与影响。尤其是日本帝国主义侵占东北后，东北人民经受了14年的殖民奴役，多数医学院校直接由日本人管理办学，并为其服务。

5.西医的发展

民国时期，北平市政府设立管理卫生的机构，引进西医科学技

术、设备和药
物，建立现代医
院。西方近代医
学的逐渐推广，
使西医的影响
日益扩大。在一
些大城市中，西
医逐渐在医疗
中占有主导地
位。如北京在抗
日战争结束后，
接收日本人在
北平建立的卫
生机构15处，各
类医院47所，药
房31所。市政府
将这些机构改
组、合并，建立
了4个市立医
院，以及精神
病、妇产和牙科
医院，制药厂和

1946年北平市立精神病疗养院的大门。

1931年3月19日闽南医院全体人员欢迎中委陈肇英等人的合影。

药库。北平地区相继建立一批现代化医院。如：协和医院、道济
医院、同仁医院、中央医院、儿童医院等。据1947年调查统计，
医院19所，病床720张，医务人员439人。

6.传统医学

　　新文化运动中，提出民主与科学的口号，但是把中医学贬为
"不科学思想"，是推动国家现代化的障碍，因此政府采取措施，包
括严格限制中医执业、禁止所有中医药广告刊登及不准兴办中医

学校及医院等，限制中医学发展。1914年教育总长汪大奕拒绝《北京（中医）医学会》立案。 1922年政府公布《管理医师暂行规则》及《管理医士暂行规则》。新医（西医）为医师，医学院毕业即取得医师证书；旧医（中医）为医士，须经地方警察考试及格，取得医士证书才能开业。 1929年国民政府通过余岩等人提出的"废止旧医以扫除医事卫生之障碍案"，同时进一步建议实行新的医疗制度。引起全国中医界的极大愤怒和强烈反对。132位中医团体代表集结在上海，组成全国医药团体联合会，向政府请愿要求取消决议。

同时仍有一批热爱中医事业的有识之士，为了保存和发展中国医药学，努力创办中医院校、出版中医药杂志及组织中医学会。例如丁甘仁及谢利恒等创办上海中医专门学校(1917年)，包识生等创办神洲医药专门学校(1918年)。他们一边忙于诊症及教学，一边专注于编写教材，成功培养了一批中医药人才，成为后来继承及发扬中医学的骨干力量。有的医学家提出一些汇通中西医见解，逐渐形成了中西医汇通思潮及学派，对后世有深远的影响。初期的代表有：张锡纯、恽铁樵及杨则民。以陆渊雷为代表主张中医科学化。1930至1940年间，中央研究院、北京研究院及中央卫生实验室等，开始用科学手段专注于中药疗效的研究，由于有关研究受到广泛重视，因而推动大量类似的中西医学书籍刊行。陈存仁于1930年编著的《中国药学大辞典》就是一部重要文献。

这一时期，少数民族医学如藏医、蒙医、维医、彝医、傣医、苗医等和中医一样，在近代和西医既存在冲突又互相借鉴，并有所发展。

但是近代中国医学的变革从总体上看是由以中医学为主导的传统医学体系向以西方医学为主导的近代医学体系的转变。

蒙古的医疗所门面。

四、水乳交融：体育

1. 民国初期的体育

辛亥革命以后，又有一些体育学校和体育科先后问世。较为有名的是南京市高等师范学校体育专修科。该科1916年创设，第

民国时期的汉口洋人竞马场。

一任科主任系美国人麦克乐。该科（系）曾是中国南部培训中等以上学校体育师资的主要场所。上海和其他一些地方又陆续创设了一些新的体育校、科，学制比较混乱，以两年制的居多（属中等师范性质）；开设的课程也不尽相同，但一般都改变了旧式体操学校重视普通体操、兵式体操的状况。

但是，一般体育学校（科）有重学科、轻术科的倾向；体育运动的发展也极端不平衡，大部分集中在江浙一带，尤其是在上海；而且大部分属于私立性质，其条件、设备极差，招收学生人数很少，办学经费拮据，以致一般在三五年内即告停办。

2.南京国民政府时期的体育

1927年，南京国民政府参照西方一些国家的做法，成立了全国体育指导委员会。在这个基础上，1932年10月教育部体育委员会成立，成为主管全国学校体育的机构，担负"设计指导督促全国体育之职"。1940年教育部公布了各级学校体育实施方案，内容包括经费设备、体育运动比赛及表演等。学校的体育课，小学每周三小时，中学及专科学校每周二小时。这是中国近代体育史上一个比较全面的学校体育实施方案。

随着西方近代体育的传入，各类体育场馆也不断增加。1933年在南京建成了中央运动场，1935年在上海兴建了包括田径场、体育场、游泳馆在内的大型体育场所。1942年中国第一座跳伞塔在四川重庆落成，这是当时远东最高、设备最好的一座跳伞塔。

中国近代体育不仅起步较晚，而且几乎所有重大的国内外比赛，均由外国人主管。1924年8月，体育界人士借体育改进社在南京举行年会之机，宣布成立中华全国体育协进会（简称"全国体协"）。董事会15人，全部为中国人，终于有了自己的全国性体育组织。

早在1896年首届奥林匹克运动会在雅典举办时，国际奥委会就曾邀请中国参加，但当时清政府没有回信。1922年中国北洋政府外交部长王正廷被选为国际奥委会委员。1931年国际奥委会正

民国时期的南京中央体育场游泳池。

式承认中华全国体育协进会为中国奥林匹克委员会。从此中国开始与国际奥委会建立联系，曾参加第10、第11届奥运会。但民国时期中国体育界无论举办国内比赛，还是参加国际比赛，运动技术水平都不高。1949年以前，中国还没有打破过一个世界纪录。

在竞技体育方面，早在1910年，北京基督教青年会就组织了一个有清华学校、协和书院和燕京大学参加的体育联合会。1913年，该会筹办了首届华北运动会。1914年，举行了第二届华北运动会。运动会期间，在北京体育竞进会的基础上成立了"华北联合运动会"（1929年更名为"华北体育联合会"），通过了会章，并决定以后每年在华北各地轮流举行一次运动会。到1934年为止，华北运动会共举行了18届。华北运动会对促进中国北方地区体育运动的发展曾经起了一定的作用。

中国也开始举行比较正式的全国运动会。1914年5月，在北京举行了"全运会"，这届运动会的组织者是北京体育竞进会，实际负责人是北京青年会干事、美国人格兰德。

中国也开始参加正式的国际体育比赛。中国第一次参加的较大型正式国际竞赛，是远东运动会。1913年至1934年间，远东运动会共举行了10届。竞赛项目有田径、游泳、排球、足球、篮球、棒球、网球7项（第十届增加全能1项）。各项均设锦标，并在此基础上设总锦标（团体总分）。中国参加远东运动会，以第二届的成绩最好，取得了田径、游泳、排球、足球4项冠军，从而获得总锦标第一名。中国参加远东运动会这样的国际比赛，极大地促进了近代体育运动，特别是田径、游泳和球类运动在中国的发展。

除参加远东运动会外，中国运动员还参加了一些有在华外国人参加的国际性的单项竞赛活动。

在近代西方体育传播的汹涌浪潮冲击之下，我国固有的体育活动缓慢地发生了某些变化，并逐渐成为近代中国体育的有机组成部分。传统武术开始革新，一些武林高手借鉴西方的手段来改造传统体育。这些体育团体中最著名的是上海精武体育会和中央国术馆等。后者是国民政府的一批军政要员和武术名家共同组建的

蒙古祭典后力拔比赛——摔跤。

教习武术的机关，它对武术发展贡献很大。此外，踢毽子、风筝等都举行过单独的比赛。其中规模较大的有 1924 年长沙的风筝比赛会、1933 年河南省的第一届民俗运动大会、1933 年天津的和 1935 年江西七届省运动会上的踢毽子比赛、1933 年第五届全运会上的踢毽子表演等。这些比赛都有一定的规则，对有关项目的普及和提高都有积极的意义。

3. 新民主主义体育的兴起

新民主主义体育即中国共产党领导下的近代中国的体育运动。早在五四运动期间，新民主主义体育就已经开始萌芽，出现了先进的体育思想和主张。中国共产党成立以后，更把体育当作革命斗争中的一条重要战线。党通过团组织领导了青少年的体育活动。

新民主主义体育是大众化的体育，上至中央领导，下至少年儿童，都积极参加体育活动。为适应革命战争的需要，学员生活实行军事化，特别注意把军事与体育结合起来。苏维埃大学的体育活动在苏区的学校中是具有代表性的。

新民主主义体育的民族化特点也已初步形成并发展起来。所谓民族化（当时叫做中国化），一是指对民族民间形式的体育项目的扶持和发展，对工农群众喜闻乐见的打拳、马刀花、跳绳、踢毽

1933 年中华苏维埃共和国的足球队员。

子、爬山、游泳、滑冰等，各级政府和各团体、部队都努力提倡。二是指在体育活动的组织实施方面，具有适合国情、因地制宜的特点。

4. 特殊条件下三种不同类型的体育

1937年"七七"卢沟桥事变后，日本帝国主义发动了全面的侵华战争，抗日战争爆发。中国一直处于战时状态这种特殊条件下，国内在1945年9月以前划分为三大区域，即日伪统治下的沦陷区、国民政府统治下的国统区和中国共产党领导下的抗日根据地，近代体育也呈现出三种类型的发展，即沦陷区的殖民地体育、国统区的战时体育和根据地的新民主主义体育。

伪满时期长春的国立赛马场。

五、天上人间：宗教

1.道　教

　　民国建立，帝制取消，《临时约法》规定"人民有信教之自由"，中央政府不再以神权为政权之依凭。民国元年，江西都督府在破除迷信的活动中，取消张天师的封号及其封地，正一道的政治与经济根基发生动摇。适应近代社会的变化，道教企图仿效西方教会组织，建立全国性的道教教会组织系统，以维护自身的利益。道教北方全真道力量谋图复兴，于1912年成立了民国以来第一个全国性的道教组织中华民国道教会，总部设在白云观。正一道第62代天师张元旭至上海成立"中华民国道教会江西本部驻上海总机关部"。前者只能说是全真道的全国组织，后者以江西龙虎山天师府为本部，以上海为总机关部，参加其成立大会的尽管有数千人，还有外国传教士李佳白等人的捧场，但其实质上也只是一个龙虎山企图重建其权威的正一道的全国组织。两个全国组织都制订了一套复兴道教的计划，但是由于缺乏经济实力和权威领导，也未形成从上至下的组织系统，因此，两个组织都未能开展有影响的活动。

　　袁世凯力主保持旧有宗教祭祀传统，对社会各方代表人物包括宗教领袖施以笼络政策，以便为其所用。在这种情势下，张元旭于1914年结好长江巡阅使张勋，上通于袁世凯，袁氏乃复其天师封号，发还田产，重颁正一真人之印，更赐以三等嘉禾章及"道契崆峒"的匾额，以示恢复传统的政教关系。袁氏称帝失败后，军阀吴佩孚、孙传芳都曾会见张元旭，使正一道在政治上日趋活跃。1919年成立"万国道德会"，张元旭被推为名誉会长。1920年，张又被推为"五教会道教会"会长。1924年，张氏卒于上海，63代张恩溥嗣教，仍在京沪一带活动。1947年由张恩溥发起并成立了上海市道教会筹备会，并继续筹备中华民国道教会而未果。张恩溥于1948年底经由新加坡去台湾，天师传承在大陆结束。

北方全真道比南方较为平稳。北京白云观为全真道第一丛林，接受各地云游道士来此学道和受戒，民国时期继续活动。白云观于民国中最后一次传戒是1927年，受戒人数349名，为时数十天。民国期间，全真道在北京、沈阳和武汉等地道观曾举行过约六次全国性放戒活动，署名赞助放戒的有大总统黎元洪，伪满洲国政府国务院总理张景惠，以至省长、将军、督办、知事、商会会长、学校校长等。1936年12月西安事变后，蒋介石被迫同意停止内战，联共抗日，各地道教也都举行所谓祝蒋委员长平安返京的祈愿道场。

日本军国主义侵华期间，上海个别道观进行过"追悼中日阵亡将士"和"追悼汪精卫"等活动。辽宁沈阳太清宫某些道士还举行过投降卖国的"圣战必胜祈愿"道场。

但是，绝大多数道教信徒是爱国的。20世纪30年代初，红军在贺龙军长率领下进入武当，武当山道总徐本善以紫霄父母殿和西道院作为贺龙的司令部和后方医院，帮助红军送情报、运军火和医护伤员。红军转移北上后，武当山道观遭到空前劫难，道总徐本善被暗杀，精于医道的王教化被打得遍体鳞伤。抗日战争时期，北方许多地区民众借重道教"抗日救国，保财保家"。1938年春，山东出现"堂天道"、"罡风道"，皆道教支派，其中博山县"堂天道"有教徒数千人，平时务农，战时打击日寇、汉奸，成为一支抗日武装力量。一些沦陷区的道教宫观都曾腾出殿堂作安顿难民的场所。在南方，江苏茅山更成了新四军江南抗日根据地，乾元观还曾一度成为陈毅将军的新四军一支队的司令部所在地。1938年在日寇的清乡扫荡中，乾元观、元符宫等道院被焚烧殆尽，几十名道士遭到杀戮。南岳衡山道士参加"南岳佛道救难会"，为抗日救国作出积极贡献(卿希泰：《中国道教史》)。

从鸦片战争至1949年的百余年中，中国社会政治动荡，名山胜地的道教宫观建筑得不到维修保养，殿堂衰颓，道士离散。五四运动对中国古老的文化传统进行全面冲击，包括道教在内的旧宗教、旧习俗皆在批判之列，关帝、吕祖、九天玄女等道教神灵被先进的知识分子断为毫无价值的欺骗，是愚民之事。由于运动的打击和基督教影响的扩大，以及近代科学医学知识的传播，道教信徒日渐减少。以苏州为例，1922年以前正式道士有809人，1922年为512人，1949年仅为221人。但广州、温州、上海、天津等辟为商埠的沿海城市，或者人口比较集中的沈阳、武汉、成都等都市，道教仍稍有发展。

中国道教的教义思想未能适应近代社会的飞速发展，道教界也没有大量涌现有远见卓识的高道哲人。近代中国最有影响的道教期刊，一般认为是由道教居士翼化堂主张竹铭等主办的《扬善》半月刊和《仙道月报》。作为这二个期刊的主要撰稿人陈撄宁是最有影响的道教思想家。但他不是道士，并且多次表白自己不是"宗教家"。20世纪30年代，陈撄宁提出了独树一帜的"仙学"。他认为仙学是一种独立的专门学术，可以补救人生之缺憾。他在《又与某道友论阴阳工夫》一文中说："如此世界，如此人生，自然以修道学仙为最高尚"，并且公开提出"你若救国，请先研究仙学"的主张，因此，这里的"仙学"，与其说是鼓吹"离尘出世"，不如说是在沦为亡国奴的情势下，追求不染污浊、独善其身的一种曲折的表现。陈撄宁称其"仙学"不同于释、儒，与道家和道教虽有联系而有区别。不过，其"仙学"内容只是传统"炼丹术"的"内丹"，即道教方术的一部分。

2.基督教的大发展

1）基督教传教策略的转变

民国初期，颁布《临时约法》承认信教自由，基督教开始从受人鄙弃的"洋教"变成了合法的宗教，社会各阶层对基督教的态度从盲目排斥转而为相对开放、宽容。以儒学为核心的古代传统文化崩溃，不仅减少了基督教传播的心理障碍，而且传统文化的断层造成了社会上普遍的精神危机，文化的空白为基督教传播提供了良机。民国年间教会作为帝国主义侵华战争先锋的形象逐渐淡化，中国人民反帝斗争的矛头主要对准了西方帝国主义国家政府及其在中国的代理人，而不是传教士。西方国家的继续支持，庚子赔款的使用，社会交通运输和新闻传播事业的发展，这一切使传教活动有很

民国初年各地主教神甫合影。

大发展。20世纪前50年，教徒人数的增长比上个世纪要快10倍，而且，教案大大减少，没有全国性大教案发生。

义和团运动虽然失败了，但是它也使大多数西方教会人士清醒，在文化上彻底征服中国是不可能的，强硬对抗不是传教良策。于是在民国年间，基督教各派纷纷改弦易辙，采取基督教中国化的传播策略。

1919年，罗马天主教教皇本笃十五世批准中国教团重新进行"天主教中国化"运动。这个运动一方面是使天主教教义儒学化，表明天主教又回到了明清之际的"利玛窦规矩"，重新采取与中国传统文化认同的立场。另一方面，天主教大力培养中国籍的神职人员，以适应在中国传教的需要。到民国年间，不仅有了中国籍的神父、主教，而且有了红衣主教，教会的组织结构也中国化了。1939年，罗马教廷正式下令取消中国教徒祭祖、祭孔的禁令。至此，历时200多年的"中国礼仪之争"以基督教中国化的形式最终解决了。

1922年，针对中国知识界发动的"非基督化运动"，美国人穆德在上海主持召开基督新教全国大会，开展所谓"本色教会"运动。"本色运动"的目的是"使教会与中国文化结婚，洗涮西洋的色彩。"

2）传教活动及发展状况

基督新教

　　民国年间，基督新教在美、英、德等后起的资本主义国家支持下，获得了较快的发展。据1949年统计，大约有130个新教差会在华传教。除清代来华的各老牌宗派继续发展外，基督教青年会最活跃，影响扩大最快。青年会世界协会负责人穆德先后9次来华布道，扩大了青年会的势力。外国籍传教士人数最多的1927年，达8 000余人，其中半数以上来自美国。鉴于义和团运动的教训，新教牧师不断调整传教策略以适应中国国情。据1911年的资料，专职传教士不足半数，而多数传教士则从事教育、医疗和各种社会慈善事业，以此博得中国人民的好感。为了克服众多教派各自为政的状态，圣公会各派在1912年成立了"中华圣公会布道部"的联合组织，其他宗派纷起效法。1913年穆德来华，召集新教各差会负责人在上海开会，成立了"中华续行委员会"，统筹各差会的布道工作。在传道方式上他们也不断出新，如布道会、奋兴会、中华归主运动、基督教本色化运动。其中基督教本色化运动影响

1939年11月3日，北平天主教修道院全体人员庆祝圣伯多禄善会成立15周年合影。该会由罗马教廷于1885年建立，同年来华在陕西传教。1924年在北京建立修道院传教。

较大。

除了大规模的布道活动，新教各会还兴办学校，出版书刊、报纸，以期扩大教会影响，发展教徒。据目前掌握的统计资料，1914年新教徒人数为25万，1918年35万，1926年40万，1937年65万，1949年70万人左右。

天主教

义和团运动后，清政府对天主教采取了保护性措施，教会利用庚子赔款又修复、新建了一批教堂，传教事业得到恢复、发展，大批西方传教士也陆续回到中国。1910年为1391人，1920年为1364人，1930年为2068人。这些传教士分属法、德、美、意、西、比、加等国122个传教会。1912年，甘肃王志远、山西成栖等神父发起成立了"中华公教进行会"。1913年，全国公教进行会联合佛教、道教、伊斯兰教及基督新教，共同反对定孔教为国教。1933年于斌回国后，担任"中华全国公教进行会"总监。1935年，公教进行会在上海召开全国大会，陆伯鸿被选为会长，朱志尧为副会长，共同协调全国的传教工作。天主教的传教事业更侧重于农村和下层平民，所以教徒人数一直要多于新教。1913年为130万，1921年超过200万，1932年达250万。

鉴于近代一系列教案和义和团运动，天主教在民国初年就开始了中国化运动。1912年，著名的天主教爱国人士英敛之，针对当时控制中国的法国天主教教士素质

1935年"中华全国公教进行会"在上海召开全国大会，推举陆伯鸿、朱志尧分别担任正副会长。图为陆伯鸿（右）、朱志尧（左）会议期间的合影。

低劣的问题，上书罗马教皇，主张培养中国籍传教士，另有许多教徒参加五四运动，并且撰文揭露西方国家控制中国教会，侵略中国的事实。针对这一情况，1919年罗马教皇本笃十五世发布了"夫至大至圣之任务"的通谕，下令在华各修会尽量起用中国籍神职人员，从此拉开了天主教中国化运动的帷幕。

天主教中国化的一个方面是在理论上与儒学相融合。1939年罗马教廷正式为康熙年间中国礼仪之争翻案，取消了1742年禁止中国教徒祭祖、祭孔的禁令，指出祭孔仅是向中国文化伟人表示敬意，祭祖也不过是慎终追远的形式，都是对本国传统文化表示尊重，应予以宽容。尽管当时儒学已失去了"官学"的地位，但在中国文化中仍有相当深远的影响；尽管政府已正式废止天坛祭天仪式，但民间祭祖活动仍然保存。故天主教对儒学认同的措施，无疑会使中国民众增加亲近感。

天主教中国化的另一项重要内容便是大量启用中国神职人员。根据教会的资料，18世纪末，仅有中国籍神父18人，而且，至20世纪初，没有一名中国人担任主教职务，这样在广大中国民众中，

1945年罗马教廷任命天主教青岛主教田耕辛为有史以来远东的第一位华籍红衣主教，并任命他为北平总主教，主持全国教务。此系田耕辛枢机主教1948年5月在北平门头沟时与欢迎众教徒的合影。前排中坐者即田耕辛。

天主教总是摆脱不了由"洋人"控制的"洋教"色彩。为了消除民众的隔阂心理，教皇在1926和1932年两次派钦差到中国活动，推动教会培养中国神父的工作。中国籍神职人员人数直线上升，1920年达到963人，1949年达到2698人。同时教廷还注意在中国神父中提拔高级神职人员。1926年10月28日，孙德桢、赵怀义、朱开敏、胡若山、陈国砥、成和德六人赴罗马，教皇亲自为他们"祝圣"，成为第一批中国籍主教。其后，中籍主教人数不断增加，1936年达23名。大批中国人担任神职。

抗日战争后，为了复兴天主教，教皇庇护十二世提出"使天主教更加中国化"的主张。任命青岛教区主教田耕辛为红衣主教，主持全国教务。田成为远东第一位红衣主教。教士虽较战前有所减少，但中国教徒却不断增加，到1949年达350万人。

东正教

义和团运动后东正教的传教事业得到一定恢复。但是随之而来的1905年"日俄战争"，又使东正教在东北的传教事业受到抑制。至清末，东正教徒不过3万，中国人700余名。民国年间东正教有一段大发展时期，原因是1917年俄国的十月革命使大批沙皇时代的贵族、军官纷纷流亡国外，其中相当一部分跑到了我国。东正教在北京、哈尔滨、上海、天津、新疆等地的传教团采取了敌视苏维埃政权的立场，大批收容流亡白俄，造成了东正教徒猛增的趋势。日本帝国主义的特务机关拉拢东正教成立了"俄侨防共委员会"，北京、哈尔滨的一些主教、司祭参加了破坏中国人民抗战事业的活动。东正教仍然保持着俄国侨民宗教的面貌。

3) 抗日战争时期的基督教

一般而言，由美、英等国控制的基督新教对日本帝国主义侵略持反对态度。"九一八"事变后，著名的美籍传教士，燕京大学校长司徒雷登便在学校集会上痛斥日本帝国主义侵略，并指责美、英政府对日本的妥协立场。"七七"事变后，基督教青年会十分活跃，1937年冬在上海成立"全国青年会军人服务委员会"，并成立各地支会50余处，进行战场服务工作。中华基督教（新）协进会先后组织过"战时服务委员会"、"伤兵之友社"、"基督教负伤将士服务

抗日战争期间组织
全国基督教青年会
军人服务部的领导
成员合影。

抗日战争期间全国
基督教青年会军人
服务部在广水车站
医治抗日将士伤病
员。

协会"等组织。其他差会也组织过类似团体，他们不顾个人安危，在敌人的枪炮下救护伤员、赈济难民，直接投身于抗日战争之中。有些教徒为了民族解放事业献出了宝贵的生命。如基督新教教徒、上海沪江大学校长刘湛恩（1895－1938），"七七事变"前就曾在欧美、南洋等国发表演讲，揭露日军侵华暴行，并号召教徒团结抗日。"八一三"战事中，他被推选为上海各界救亡协会主席、上海各大学抗日联合会负责人，积极援助中国军队抗日作战。上海沦陷后，他在租界中坚持抗日活动，并严辞拒绝南京伪政权教育部长之聘，1938年4月7日，日伪政权派人杀害了他。教会不但支持国民党正面战场的抗日战争，也积极向共产党控制的敌后根据地输送人才、物资。如司徒雷登和英千里曾冒着危险帮助青年学生逃离敌占区，到敌后根据地参加抗日武装。据不完全统计，仅燕京大学就有700多人参加了八路军。基督教青年会1939年7月派人赴延安，送钱兴建国际学生疗养院，受到毛泽东的接见。

　　"九一八"事变之后，中日矛盾加剧，第二次世界大战在即。天主教内部各派对中国问题的立场不一。比利时籍主教雷鸣远公开号召教徒抵抗日本帝国主义侵略，并于1938年组织了"华北战地督导服务团"，自任主任，直接参加中国人民的抗日战争。罗马教廷受意大利、法国的影响，在1929年和1933年，分别与墨索里尼、希特勒签订条约，互相支持。伪满洲国成立后，教皇庇护十一世于1934年派使节表示祝贺，并正式承认"满洲国"，在"满洲国"建立天主教会，派驻宗座代表。教皇的宗座代表蔡宁，初期号召信徒积

1938年比利时天主教教士雷鸣远在山西组织"华北战地督导民众服务团"，并任服务团主任，发动华北天主教徒参加抗战。图为1939年6月雷鸣远神甫在昆明高等法院对全体职工发表抗战演讲时的情形。

1933年罗马天主教教廷派蔡宁总主教为教廷驻华代表。图为蔡宁主教（中立披红衣者）在上海各界欢迎大会上发表讲话。

1935年民国政府及宗教界人士在上海北站迎接蔡宁主教。

极参与宗教为战争服务的活动，曾亲自主持追悼中国阵亡将士的弥撒。但后来，他的对日态度发生了变化，发布命令，要求教徒"不偏左、不偏右"，实际上就是不要反抗日本侵略，甘作日本帝国的顺民。他居住在日本所控制的北京，为此，中国通过外交途径向教廷表示抗议。一些天主教上层人士散布基督教超国家、超民族、超阶级的论调，反对教徒参加抗日救亡运动，鼓吹中日两国基督徒要联合起来，影响和说服本国政府，"使友爱和亲善能主宰国家的一切"。这种和平主义的空谈，在当时只能起到麻痹人民斗志，掩盖侵略的作用。

1937年日本发动全面侵华战争后，感到在占领区由西方传教士控制的天主教会辅助侵略战争不力，干脆从国内调来日本教士另起炉灶，直接控制沦陷区的广大中国教徒。如日本天主教神父、特务岩下庄一到了华北，立即散发宣传品，为日本侵华战争辩护。广大的中国天主教徒还是爱国的，他们同全国人民一道投身于抗日救亡事业，涌现出像马相伯、英千里这样的抗日英雄。

4) 民国时期教会的教育卫生和慈善事业

民国是基督教在华所办教育事业发展最快的时期。教会办学校的直接目的是为了扩大宗教影响，"用基督教征服中国"。同时，教会学校也肩负着向中国人民灌输西方意识形态的任务。经过义和团运动的美国传教士明恩溥曾觐见美国总统，建议美国部分退还庚子赔款给中国办学，用以培养中国人的宗教精神，防止暴乱再次发生。美国政府采纳了他的建议，用退还的赔款建立了"清华大学堂"。山西浸礼会用赔款建成"山西大学"。以后，其他国家的教会纷纷效仿，于是各种大、中、小学如雨后春笋般地建立起来。

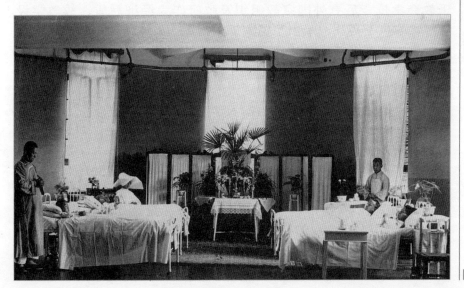

北平教会开设的医院病房内景。

　　一般而言，基督新教侧重于办高等学府，而天主教办的中小学则比较多。学生总数 132 850 人。教会学校占当时中国学校总数的 $\frac{1}{5}$，在校学生总数的 $\frac{1}{6}$，教会学校在民国教育史上占有举足轻重的地位。特别是在当时，中国刚刚废除科举制度，新式学校开始代替私塾，教会学校为中国人办学提供了一套新的模式，起了示范作用。教会学校虽然服务于传教事业，但也带来了大量新知识。由于教会学校背后有外国宗教组织及政府作为经济后盾，故教学设备好，教员工资高，吸引了国内外大批优秀人才，其中一批名牌大学，成为中国培养高级科技、文化人才的摇篮，如天主教办的北平辅仁大学、上海震旦大学、天津工商学院。基督新教办的北平燕京大学、山东齐鲁大学、南京金陵大学、金陵女子文理学院、苏州东吴大学、上海沪江大学、圣约翰大学、杭州之江文理学院、广东岭南大学、福建协和文理学院、福州华南女子文理学院、湖北华中大学、湖南湘雅医学院、四川华西协和大学等等，这些大学培养的许多科技精英成为中国理、工、农、医各类事业的柱石。还有相当一批文理各科的学生进入政界，成为民国政府的要员。据 1924 年的统计，孙中山领导的广东革命政府中基督徒竟达 65％，即使共产党的早期领导人，也有不少毕业于教会学校。

　　据 1936 年《基督教年鉴》第 13 期统计：新教 34 个差会在华共办医院 268 处。另据德礼贤统计，在 1933 年时，天主教共办 266

所医院，开设药房744处。医院的经费主要来自中国，一部分取自医药药费，另一部分来自募捐。由于教会医院拥有一批医疗水平很高的医生，较好的设备和药物，故受到富有阶层的欢迎，医院也对他们收取高额医疗费用。对于贫苦人民，则减收或免收医药费，以博取好感。另有部分资本家、政府官员以及外籍人士捐款。1835－1949的百余年间，各国政府及教会捐助中国教会医院5 000万美元左右，多用于开办费和购置设备。

教会的慈善事业包括兴办育婴堂、孤儿院、盲童学校和聋哑学校等。其中育婴堂孤儿院最多，据1930年统计，天主教在全国各地开办孤儿院360余所，收养孤儿20 000余人，育婴堂数目不详，共收容婴儿50 000余人。同时与其他宗教相比，基督教在社会慈善方面所作贡献亦很突出。不过，由于当时条件相当简陋，孤儿在育婴堂或孤儿院得不到充足的营养和医疗条件，死亡率相当高。

赈灾也是教会慈善事业的重要内容。清朝任山西巡抚的曾国荃对传教士的救济活动认为是在"盗窃中国人的心"。1928年，在华基督教传教士组织了一个全国性的慈幼协济会，推举孔祥熙为会长，总部设在上海，在一些大城市成立了分会，在上海开办了慈幼教养院，在南京开办了模范教养院，在上海还编辑发行《慈幼月刊》（后改称《现代父母》）杂志并出版了一些儿童保育书籍。

北平天主教会救济穷苦儿童。

1938年6月文安县天主教堂所属的自立女子小学学员合影。

1934年9月北京神学院师生与惠大院长（中坐者）合影。

3.佛　教

1) 居士林

　　居士林是佛教居士从事宗教活动的团体。1918 年创始于上海。1923 年改名为世界佛教居士林，聘谛闲、印光、太虚为导师。1926 年居士林扩大规模，设讲经、皈戒、出版、图书、研究、宣传、利生等部，兼办各种社会慈善事业，如出版《世界佛教居士林林刊》等。在上海居士林影响下，各地也陆续建立不少居士林。其中著名的有 1929 年成立于北平的华北居士林；以及特重密宗复兴的天津居士林；1932 年成立于长沙的湖南居士林。此外，南京、重庆、成都、无锡、泰县等地亦先后成立居士林。

　　华北佛教居士林的创始人是胡瑞霖居士，胡居士早年留学日本，学政治、经济，民初任湖南湘江道尹、福建省省长，以及黎元洪总统顾问，他亲近太虚大师，受大师熏陶而后放弃从政改学佛法，追随太虚大师，协助大师创办武昌佛学院，后迁居北京，在北

1932 年 4 月美国哈佛大学哲学教授霍金到华北居士林考察时，与北京居士会会员合影。

清代居士佛教兴起，至民国初年更盛。1918 年出现"居士林"——为佛教在家信徒举行活动的团体所建立，后改名为"世界佛教居士林"，至 20 世纪 30 年代发展到全国各大城市。北平的机关称"华北居士林"，1930 年建立，位于西安门大街。图为 1932 年 11 月华北居士林第二次授瑜伽菩萨戒纪念摄影。前排中央者为会觉法师。

京创办藏文学院后改为赴藏学法团，派送法尊法师等20余名汉僧赴西藏学习藏密，赴藏经费由胡居士负责。创林以来，历代高僧大德均常在该林弘法、传戒、灌顶，该林并定期举行法会、诵经、斋僧、放生。当时佛教界知名人士周叔迦居士在1937年管理该林。

当时大大小小的居士团体纷纷涌现，遍布全国各地城镇，是近现代佛教运动中引人注目的新景象。霍姆斯·维慈在其《中国佛教的复兴》第四章描述："民国时期居士组织层出不穷。没有人知道到底有多少，它们就像酵母中的气泡，产生又消失"，"像上海、武汉、北京、杭州、宁波、福州等地，佛教组织稳定而兴旺。"据1930年的一个统计报告，佛教组织在长江流域、广东、北方、东北便多达571个（其中多数完全由居士组织管理），尚未包括西北和西南等地。

2) 佛教的现代化

1911 年辛亥革命推翻了满清王朝，结束帝制，建立民国，万象更新，佛教事业也开始"复兴"。民国初年的佛教复兴运动有一个重要特征，即佛教在思想理论上、组织结构上、社会活动形式上都开始向现代宗教转化。

佛教组织方面，佛教原实行以寺院经济为基础，以宗法谱系为网络的丛林制度，门派众多。到清朝末年，佛教各宗派都已衰微。1912 年，欧阳渐（竟无）、李证刚、邱晞等居士发起近代史上第一个现代佛教组织——中国佛教会。欧阳渐的同学太虚与仁山等人在南京

台原持和尚。

毗庐寺组织了"佛教协进会"。该会以教理、教制、教产三大革命为号召。在教理上主张清除 2000 年来人们附会在佛教上的鬼神迷信内容，反对探讨死后世界，提倡人间佛教，解决现实问题。在教制上反对政教合一，反对佛教依附政权，主张建立独立的佛教协会管理全国教务。在教产上反对宗派将庙产视为私有，主张寺产属全体僧尼共有，应集中起来办教育和慈善事业。太虚的宗教改革思想也遭到守旧僧尼的反对，佛教协进会很快就解散了。另有扬州谢无量办"佛教大同会"，该会提倡佛、道合一，建立中国统一的宗教组织。上述三会虽然有很大分歧，但要求佛教改革的倾向却是一致的。

1912 年 4 月，中国佛教总会在上海留云寺成立，口号是"保护寺产，振兴佛教"，选敬安法师为会长，不久全国成立了 22 个（省）支部，400 多个（县）分部，振兴佛教具备了现代宗教组织的雏形。1924 年又成立了"中华佛教联合会"，为全国性的佛教组织。20 世

纪20年代是佛教发展相对顺利的时期，全国大、小寺院得到一定程度的恢复，出家人数上升，并有相当数量的居士组织出现。但这一时期仍有"寺产兴学"余波回荡，其他类型的侵夺寺产活动也时有发生。抗日战争爆发后，佛教组织受到了极大的破坏。1943年在四川召开监、理事会议，选举太虚为理事长，恢复佛教会的活动。同年，太虚代表佛教，与天主教的于斌，基督新教的冯玉祥，伊斯兰教的白崇禧共同组织了中国宗教徒联谊会，把宗教徒的社会联合扩及各教。1947年，在南京召开了中国佛教徒第一次全国代表大会，成立中国佛教总会，选举章嘉呼图克图为理事长。民国期间建立的各种佛教会，完全不同于法系相承的宗派，也不同于政府组建的僧司，而是教徒自己推选产生的宗教管理组织。它在很大程度上剔除了传统宗教组织的封建性、宗法性和地方性，在政教分离的原则下推动佛教正常发展。

佛教活动方面，民国时期佛教保持了明、清以来逐渐形成的各种礼仪、活动，如瑜珈焰口（施饿鬼）、梁皇仪、慈悲水忏、金刚仪、大悲忏、佛祖诞辰日、成道日、盂兰盆节等等。除此之外，佛教又搞了许多新式宗教活动：

大力兴办佛教学校，用新式方法培养佛学人才。

举办各类公益慈善事业。中国佛教一向以慈悲为怀，在古代便有各种社会慈善设施，但规模较小，而且无长期计划。近代以来受基督教的影响，开始进行各种社会化的慈善公益事业。如圆瑛法师于1918年在宁波创办佛教孤儿院，以后又相继开办孤儿学校多所，收容、养育孤儿千余名。

积极参加抗日救亡运动。近代佛教的入世精神较之古代更为明显，不论在家居士，还是出家僧人都以爱国救亡、慈悲济世为己任，与儒家"修、齐、治、平"的入世精神互相辉映。辛亥革命期间，华山、曼殊、栖云等僧人直接参加反清革命，上海玉皇法师组织700余人的僧军，参加了上海、南京的光复之役。抗战期间，广大佛教徒积极投入抗日救亡的行列，举办各种祈祷和平法会，组织僧兵参加战地救护，参与难民救济工作。连平日宣称绝不与闻国事的弘一法师也广泛宣传："念佛不忘救国，救国不忘念佛。"太虚利用自己的国际声望，出使印度、缅甸、锡兰、新加坡等国，揭露日军暴行，争取世界人民的支持。圆瑛以中国佛教会会长的身份通电日本僧人，呼吁日本教徒："共奋无畏之精神，唤醒全国民众"，"制止在华军阀之暴行。"抗战全面爆发后，圆瑛组织了佛教会全国救护团，自任团长，训练青年僧侣，开展战场救护。上海抗战中僧侣救护队出动100余次，救护伤员8 273人。他们还办了"佛教医院"，由女尼担任看护。在"淞沪战役"期间，组织多个难民

1945年4月21日佛教同愿会恭迎佛舍利。

137

1932年8月14日华北居士林设盂兰盆会（佛教的活动仪式），女子佛学院何但拔格喇嘛的女弟子学习金刚经时的情形。

收容所，救济难民50余万。1940年日本飞机轰炸重庆，僧侣奋勇救护，当时报刊号召"向和尚看齐"。

整理出版佛教典籍，发行佛学刊物，用现代传媒，介绍弘扬佛教。1909年中国僧人出版了第一部铅印大藏经《频伽藏》。僧侣还主办了多种佛学刊物宣传佛教思想（如《佛学丛报》），最著名的是太虚于1920年创办的《海潮音》，不仅内容丰富，发行量大，而且持续时间最长（至今仍在台湾发行）。

3) 太虚大师

在佛教的"现代化"的转变中，太虚大师是一个关键人物。太虚俗姓吕，本名淦森，法名惟心，别号悲华，浙江人，15岁出家，并依宁波天童寄禅和尚（八指头陀）受具足戒，于南京金陵刻经处祇洹精舍从杨文会学佛经，被誉为"佛门霸才"、"玄奘资质"。

1913年，在寄禅法师的追悼会上，太虚大师提出教理、教产、教制等三大革新思想，倡导"人生佛教"。他认为："佛教之主潮，必在密切人间生活，而导善信男女向上增上，即人成佛之人生佛

1937年8月活跃在淞沪会战战地的上海市僧侣救护队。

1921年太虚法师(1890—1947年)创立"中国佛学会"并任会长。次年组织成立武昌佛学院，成为近代中国三大宗教研究和教育的中心之一。这是1931年8月太虚法师在北平传授三皈女弟子的情景。

教。"呼吁修行非为遁世超生，乃为济世救人。佛教徒应走出庙宇，积极走向社会，从事电矿、农工、医药、教育、艺术等各种世俗活动。他曾在《海潮音》发表看法，主张在不违背佛法原则之下，修行菩萨行，养成高尚的道德和品格，精博优良的佛学和科学知识，参加社会各阶层的工作。如僧众可参加文化、教育、慈善等工作；在家众则可参与政治、军事、实业、金融、劳动等行业，将佛法带入国家社会，改变向来僧众只受供养的观念，使民众都能蒙受佛法的利益。在抗日战争时期，大师号召佛教徒应该要以各种方式出来参加抗日，为救国救民尽一份责任。大师于永生无线电台播讲"佛教与护国"，并"劝全国佛教青年组织护国团"，或从军抗暴，或捐款及组织救护队、慰祷队、运输队等。1945年8月，抗战胜利，国民政府授予太虚胜利勋章。

太虚大师提倡"人生佛教"的思想主旨，即是以"发扬大乘佛法真义，应导现代人心思正"。他在《即人成佛的真现实论》说："仰止唯佛陀，完成在人格，人成即佛成，是名真现实。"认为佛教最大的毛病，就是把佛教与生活分开，重视出世思想，忽视人间事业。所以太虚利用当时盛行的大众传播工具，如报刊杂志、电台等作为宣扬佛教的有利工具，进行弘法；用白话解释佛经，办白话文的佛学刊物；首先向医院、工厂、监狱、看守所、国防、教育等单位，讲演佛法；接引知识青年加入佛学研究行列；积极从事社会利民的事业，开办佛教的图书馆、小学、慈济医院、赡养院、养老院等；于重庆、南京设立大雄中学，在上海、重庆，先后创办佛慈药厂，倡导世界佛化新运动。由于太虚大师的极力提倡，教界青年纷纷起来响应，遂产生农禅、工禅，更有一些年轻的僧侣受到大师的影响，对未来佛教应何去何从，有了新的体验，而喊出："打开山门，走进社会。""佛教要下山去！""佛教要大众化、通俗化、文艺化。"等等的口号，对现代人间佛教的发展有相当的影响。

民国17年，太虚访问欧美，发起成立"世界佛学苑"，并尝试与西方进行佛典中、英互译的合作计划，他是首先以中国僧侣的身份向西方弘法的第一人。民国28年，太虚访问南洋，加强与南洋、缅甸、锡兰、印度各国的合作关系，展开中国佛教与西藏佛教、南传佛教的沟通联系。发起成立中国佛教协进会、中国佛教学会、中国宗教徒联谊会。1947年病逝于上海玉佛寺。

4) 僧学的兴起

中国佛教僧众办学始于 20 世纪初。1903 年，湖南僧人笠云得日僧水野梅晓之助，在长沙开福寺首创湖南僧学堂。继起的有扬州天宁寺的普通僧学堂和南京三藏殿的江苏僧师范学堂。1907 年，杨文会在南京金陵刻经处又创办第一所僧俗兼收的佛教学堂，曰祇洹精舍。祇洹精舍在佛陀时代已有此名，又称祇园精舍。不仅着眼于振兴中国佛教，而且放眼世界，作为佛法西传的基础。当时开设国文、英文、佛学等课程，由著名爱国诗僧苏曼殊教授英文，作为学生进修梵文、巴利文之根基。保庆名士李晓暾授国文汉学。杨文会自任佛学教师，讲授《楞严经》等佛教经典。学校一切经费均由杨文会负担。当时就学者虽只有十数人，却为中国佛教种下了革新的种子，为居士佛学的振兴打下了深厚的基础，为佛教文化研究开辟了一条通向现代化的道路。佛教学堂祇洹精舍其后在欧阳渐的主持下，发展为 20 世纪中国著名的佛教学院——支那内学院。

民国初年扬州普通僧学堂教师合影。

辛亥革命后，佛教各类院校再度勃兴，主要有1914年金山寺月霞在上海创办华严大学，为中国第一所佛教大学，专研华严教义；1919年谛闲在宁波观宗寺创办观宗讲舍，专研天台教义（后改名弘法研究社）；五四运动后，太虚相继创办了师资、课程设置比较完备的武昌佛学院，位于厦门南普陀寺，丛林化的闽南佛学院，及北京柏林教理院，重庆汉藏教理院，培养了大批僧才；还有1922年欧阳渐成立于南京，按新式教育方式分科授学的支那内学院，1927年创办于北京的三时学会。1924年大勇从日本学习密宗归国后，在北京创办佛教藏文学院，并组织学生赴藏学习，使东密、西密在汉地都有人研习。1936年，中国佛教协会成立佛教研究所，专门培养高级佛学研究人才。

据不完全统计，至1944年，全国佛学院不下三四十所，遍布江、浙、闽、粤、湘、川、鄂、皖、秦、冀、豫以及沪京各地。近代僧学教育对于居士佛学的兴起和佛教的革新运动起到了极大的推进作用。

5）藏传佛教

1912 年 10 月，袁世凯政府恢复了达赖名号，复封为"诚顺赞化西天大善自在佛"，同时加封班禅为"致忠阐化佛"，表面维护了中央对西藏宗教领袖封敕的形式，但实际控制能力已大大降低。此后，英帝国主义不断加强对西藏的渗透和控制，西藏独立势力在其羽翼下不断膨胀，1913 年英国和中国西藏地方政府签订《西姆拉条约》，中国政府拒绝承认，但它成为西藏分裂主义者的一个口实。

民国年间，藏传佛教内部发生矛盾，1923 年班禅离开西藏来到内地，受到蒙、汉人民，北洋政府及后来的南京政府的欢迎与厚待，多次得到中央政府策封的金册、金印。他除了到各地讲经外，还到处发表维护祖国统一，加强民族团结的讲话，受到各族人民的爱戴。

1933 年，十三世达赖在拉萨突然逝世。西藏噶厦政府即电告南京国民政府，推举热振呼图克图为摄政，开始寻找转世灵童。十四世达赖丹增嘉措 1935 年出生在青海湟中县一个农民家庭，1939 年被送入拉萨和另外两名灵童一起供养。噶厦政府电请国民政府派员参加确认灵童的掣签式。

达赖逝世后，国民政府积极安排班禅返藏事宜，但遭到了噶厦政府的百般阻挠。1937 年 12 月 1 日，九世班禅回藏受阻，在青海玉树逝世。班禅行辕堪布厅在青海循化县找到了转世灵童却吉坚赞。十世班禅生于 1938 年，父母都是当地农民。直到 1949 年 6 月 3 日，国民政府代总统李宗仁才颁发了承认青海灵童的"免予金瓶掣签"令。从此，西藏两位新的宗教领袖诞生。

十四世达赖幼年期间，热振活佛摄政。热振是一位爱国高僧，主动加强了与中央政府的联系。1934 年 4 月，国民党政府派参谋本部次长黄慕松入藏吊唁十三世达赖，同时与噶厦政府谈判，试图加强中央对西藏的控制。英国政府闻讯后，也派代表入藏致祭，实则操纵噶厦政府，破坏汉藏团结。经过 3 个月艰苦谈判，噶厦政府终于同意蒙藏委员会在拉萨设立办事处，尽管对办事处进行了多种限制，但总算恢复了中央向西藏派驻大臣的传统。国民政府授予热振"辅国弘化大师"的封号。在 1943 年的国民党第六次全

20世纪30年代初日本帝国主义为了配合向华北的侵略，利用宗教关系，拉拢华北清朝和北洋军阀的遗老。此系1932年日本日中密教研究会代理总裁田中清纯法师与段祺瑞、王揖唐等人的合影。前排左二段祺瑞、左三田中清纯、左四王揖唐。

国代表大会上，热振还被选为中央候补委员

6）日本对中国的宗教侵略

日本明治维新时，日本天皇排斥佛教。明治元年三月，设立神祇官，由白川、吉田等神道家族任职，推动神道国教化。本来佛教是国教，明治维新却提倡神道教。政府解除传统官府对于食肉、带妻、蓄发的禁令，废除禁止女人进入伽蓝的制度，禁止僧尼托钵募化。明治九年六月，东、西本愿寺留学生南条文雄和笠原研寿自横滨登船远赴英国，之后日本各宗纷纷把留学生派往海外，英、法、德、美等国，都有日本学僧的踪迹。受西方影响的一批教徒很多希望日本佛教也能如同其他近代化的国家，采取政教分离的方式。

日本不断向外侵略，日本佛教也不甘落后，配合军事侵略积极向外拓展。1876年，日本佛教净土真宗东本愿寺派在各宗各派中首先到上海开教，于上海虹口河南路设"东本愿寺上海别院"，并以上海为根据地，开始了对中国全国的宗教扩张。随之，日本佛教其他各宗各派也蜂拥而来，纷纷在中国各地建立宗教机构，积极推行日本佛教独有的教义。其教义极富侵略性，如净土真宗东、西本愿寺派在华开教的基本目的是"使中华归我真宗"。中日甲午战争时，东、西本愿寺等派遣随军传教士，在军中传教、伤兵慰问及招魂法会等方面都有积极的表现，因而获得日本外务大臣的训令，得前往中国内地开教。事实上，早在此之前日本各宗便已有计划地赴朝鲜、中国，乃至俄国西伯利亚布教，在当地设立宣教所、别院，乃至学校。各宗向外传教潜藏着扩张主义的意图，如锐意向海外派遣学僧汲取新知，向外传教的力量仍主要由真宗的东、西本愿寺带头发动的。以在中国为例，甲午战争之后，日人依战后条约，可以自由地在中国内地旅游，大批东本愿寺僧人乃纷纷来华，行迹遍及福建，江苏，湖南，浙江，甚至计划深入西藏，除了建造寺庙、佛堂，日僧在华还在南京、杭州、姑苏等地设有东（日）文学堂。但在中国人的眼中，日本佛教系传自中国，实无再由日本传入中国之理，日教务发展其实相当有限。

由于清末推行的"庙产兴学"运动，大量日本僧侣前来中国东方省份数十县市，以护法者自居，诱导各地茫无所从的寺院住持接受日本佛教的保护，日僧伊藤贤道到杭州，便成功地使得36寺陆续投靠净土真宗，被编为东本愿寺的"在华下院"，并将日本国内僧侣教育的方式，传给部分中国僧侣。此外，水野梅晓在湖南，高田栖岸在广东，原田了哲在福建，都积极拉拢当地僧徒投靠，以扩展本宗势力。时北洋大臣袁世凯在致外务部的公文中写道："日俄战争后，日本在东亚势力日增，然彼国地狭民贫，垂涎中土，殆非一日，近日日人学汉语者颇多，欲藉日僧设堂传教，在内地长住，以考察中国各省民情风土，其用心殊为叵测。"

进入20世纪，日本佛教的绝大部分宗派都积极追随军国主义政府，提倡迎合统治者需要的"忠皇爱国"思想，宣传"护国"精神，为政府推行军国主义政策、建立法西斯集权统治和对外发动侵略战争服务。它们用佛教思想美化法西斯统治，将侵略战争说成是"以大道征服不道"；随着日本对朝鲜、中国的侵略扩张，佛教各宗也加紧组织对出战人员的家庭、战死者亲属的慰问和援助，对伤残士兵进行救护。此外还向前线军队派遣随军僧，让他们在战地传教、慰问士兵，为死者安葬和举行法会等。

1937年6月，日本日中密教研究会代理总裁田中清纯法师在天津与旨在复兴密宗的天津居士林会员的合影。前排就坐的左三为曹汝霖，左四田中清纯，左五王揖唐。

4.伊斯兰教

伊斯兰教是与佛教、基督教并列的世界三大宗教之一，中国旧称天方教、清真教或回教。传入中国已有一千多年的历史。从清末民国初年以来，受近代中国民族资产阶级"教育救国"、"科技救国"潮流的影响，一批穆斯林学者、经师如王宽、达浦生、虎嵩山等，提倡改革宗教教育，实行"经书两通"，创办新式学堂，促进了中国穆斯林寺院经堂教育向现代教育的转化。在旧式经堂教育中，课程设置也在逐步改变，普遍增设汉语文、常识等课。同时派留学生到埃及爱资哈尔大学及土耳其等伊斯兰国家留学。为发展伊斯兰教育和文化，中国穆斯林的宗教教育及文化社团组织也陆续建立。最早为清末镇江童琮发起成立的"东亚清真教育总会"和留日回族学生组织的"留东清真教育会"。1912年王宽和马邻翼在北京发起组织的"中国回教俱进会"，其支部遍及全国许多省、县。其后，伊斯兰教种种社会团体和学术文化机构日渐增多，学术活动广泛开展。为适应现代社会的发展，振兴发展伊斯兰文化，许多穆斯林知识分子还在各地创办了许多刊物，并先后抽译、选译和全译出版《古兰经》及其他典籍的汉语译本和维吾尔文译本，从而形成了继明末清初以来中国伊斯兰学术文化研究的新高潮，涌现了一批对《古兰经》学、圣训学、教法学和伊斯兰哲学研究造诣精湛的学者、经师。其中以王宽、王静斋、达浦生、哈德成、马松亭、杨仲明、虎嵩山、杨明远、马良骏、庞士谦、马坚等比较著名，他们对中国近现代伊斯兰文化的传播和发展都作出过重要贡献。

第三篇　晚清、民国时期的社会生活

一、各行其道：食住行

1.出　行

　　民国时期的交通有了一定的改善。轿子、马车逐渐减少，人力车、自行车成了常见的代步工具。城市里有了柏油马路，奔驰着公共汽车和有轨电车。公路和铁路事业也有所发展。民用航空和水上航运业也在缓慢发展。始于清朝末年，只限于官方使用的邮政、电报、电话等通讯事业，在民国时期也有一定发展，逐步成为民间相互联系的主要途径。

　　畜力坐骑和人、畜力运输工具，仍然在境内特别是广大农村广泛使用。畜力运输工具有马车、牛拖车、骆驼、西式马车等。畜力坐骑主要有驴、骡、马等。人力运输工具有官轿、彩轿（又名花轿、喜轿）、小官轿、藤轿、凉轿、戽子轿、眠轿、独轮车、手推车、黄包车、三轮车等。水运工具，大致有舟（有楼船、乌篷船、牛拖船等多种形制）、筏（有皮筏、竹筏、木筏等），民国时期盛行木帆船，沿海沿江地区开始用蒸汽机船。

　　轿子：作为代步工具，在旧时颇盛行。一种靠人或畜扛、载

清末骑驴妇人。

而行，供人乘坐的交通工具。就其结构而言，轿子是安装在两根杠上可移动的床、坐椅、坐兜或睡椅，有篷或无篷。曾在东西方各国广泛流行。旧时多为官轿，也有民轿。官轿又分为4人轿、8人轿、16人大轿。都是随官品不同而定。 历代统治阶级都曾制定过轿子的形制等级，体现在轿子的大小、帷帐用料质地的好坏和轿夫的人数等方面。 民间所用的轿子分素帷小轿和花轿两种。前者系一般妇女出门所用之物，后者则专用于婚嫁迎娶。轿顶也分金色、生漆色、锡色几种。中国的轿子曾流行于广大地区。历代相袭，因时代、地区、形制的不同而有不同的名称。如肩舆、檐子、兜子、眠轿、暖轿等。现代人所熟悉

长城外用骆驼拉的轿车。

西湖爬山轿，是四人抬的山舆，专供游人登山乘坐。

鸭绿江上游的筏子。这种木筏子，往往是为顺水运输木材而扎成的，做交通工具不是主要目的。

山东独轮车。

带帆的手推车，这
种手推车可以借助
风力，省力轻捷。

的轿子多系明、清以来沿袭使用的暖轿，又称帷轿。

畜力车：是旧时北方城乡最普遍的交通运输工具。按照通常习惯，畜力车分为三种：一是"大车"，又称马车，用马和骡子牵引；二是"牛车"，用牛有时还加上驴牵引；三是"驴车"，比前两种小，用驴牵引，其中大车拉得多、跑得快，长短路途都适合，"档次"是最高的。

爬犁：爬犁也写作"扒犁"或叫"扒杆"，满语称为"法喇"，至晚在清代初年即已出现。东北冬季漫长，很多地区每年有三四个月的时间冰雪覆盖大地，因而人们发明了适合在冰雪道路上行走的爬犁。既可以用人拉，又能用马、牛拉，更有特点的是还有用几条狗拉的"狗爬犁"，还有用驯鹿拉的爬犁。即使在已有铁路、公路运输的年代，爬犁仍以它方便、灵活、制造维修容易的特

清末农村双套牛车，车轮多为木制，外边有铁箍，行进时笨重，震动大。

柳条制的围子车。

中国东北的冬季，冰封千里，舟车难行，当地习惯以爬犁为代步运输工具。图为松花江上的爬犁车。

151

点继续存在。清代回东北拜谒祖陵的乾隆皇帝，对故乡这种独特的运输工具十分赞赏，在其所作《盛京土风杂咏》、《吉林土风杂咏》两组诗中都涉及到爬犁。其中一首诗说："架木施箱质莫过，致遥引重利人多。冰天自喜行行坦，雪岭何愁岳岳峨。骏马飞腾难试滑，老牛缓步未妨蹉。华轩诚有轮辕饰，人弗庸时奈若何"。

皮筏：皮筏俗称排子，是用羊牛皮扎制成的筏子，为黄河沿岸的一种古老的摆渡工具。民间说法，居于青海省境内黄河上游两岸的保安、东乡、撒拉等民族，为了互通有无，交换物产，发明了用牛皮袋来泅渡黄河的办法。自汉唐以来，上自青海，下自山东，黄河沿岸使用皮筏，经久不衰。史载汉护羌校尉在青海贵德领兵士渡黄河时，"缝革囊为船，白居易有诗云：泛皮船兮渡绳桥，来自鄂州道路遥"。

皮筏常用羊皮或牛皮做成。人们在屠宰时，剥下大个羊只的皮毛或整张牛皮，用盐水脱毛后以菜油涂抹四肢和脖项处，使之松软，再用细绳扎成袋状，留一小孔吹足气后封孔，以木板条将数个皮袋串绑起来，皮筏即告做成。因其制作简易，成本低廉，在河道上漂流时便于载运而在民间广为使用。最大的羊皮筏子由600多只羊皮袋扎成，长22米，宽7米，前后备置3把桨，每桨由2人操纵，载重可达20－30吨，晓行夜宿，日行200多公里。小皮筏由十多只羊皮袋扎成，便于短途运输。牛皮筏多用于兰州至包头段的货运；一般由90个牛皮袋扎成，可载货4万斤。因筏子大如巨舟，在滔滔黄河上漂行，气势壮观，当地有羊皮筏子赛军舰之说。也用来载人，将渡河者装入牛皮袋中，充气扎口后，艄公爬在牛皮袋上，一手抓袋，一手划水，只十几分钟便可将渡客送至黄河对岸。

在铁路尚未开通，公路交通又不便利的黄河上游地

黄河上的皮筏子。河工用完整的羊皮充气，捆扎成大羊皮筏子，这是黄河上游民间普遍多见的渡河交通工具。

区，皮筏一直是重要的运输工具。

2.居　室

　　鸦片战争以后，在沿海城市传统的中国民居中，开始出现了供外国侨民和中国有钱人居住的西式花园洋房。一些巨商富贾和大官僚，盖起了"洋楼"。这种钢筋水泥结构、布局合理的西式建筑，成为他们炫耀财势的资本，同时也为我国建筑业增添了新的内容。城市住宅中，有电灯和自来水，为广大市民的生活提供了方便。但是，城市的老式房屋和农村的草房仍旧大量存在。人们普遍居住的是土墙草房，没有窗子、厨房，往往不设烟囱。

农家土坯房。

陕西、山西等黄土高原地带，民居多是窑洞。图为陕西乡间破旧的窑洞。

推碾子加工粮食的情形。

3.饮　食

　　饮食习惯具有强烈的民族传承性，也受着自然环境和生产方式的巨大影响和制约。虽然中国的传统饮食十分丰富，如南方稻作农业区以稻米为主食，北方旱作农业区则以菽麦粟米为主食。但是在鸦片战争后，在通商口岸的一些大城市的有钱人吃西餐成为一种时尚，民国时期的饮食结构有了新的变化。西方的葡萄酒、巧克力糖、咖啡、汽水等也为百姓所接受。

但是广大农村贫家多随季节而改变饮食，大多是"糠菜半年粮"。

清末农民手持耙耧，肩负背篓，外出劳作时的情形。

乞讨的老妇及儿童
（上左、右图）。

上海龙华庙会。

捡破烂。

中国北方农家，广泛用柴草做燃料，在炉灶旁用风箱鼓风，增强火势。图为内蒙穷苦人家在炉灶旁拉风箱情形。

中国北方殷实之家的大灶台。

清末农民田间劳动
休息时用餐。

清末吃汤圆的小孩。

157

二、千姿百态：服饰

1. 清代服饰

服饰作为一种文化形态，贯穿了中国各个历史时期，从服饰的演变中可以看出历史的变迁，经济的发展和中国文化审美的嬗变，任何一个朝代的服饰都与当时特定的时代，纷乱的社会现实生活分不开。

清朝的服饰体现了满人先民的渔猎生活。清代男子的发式，头前不留发，颅后头发编结为辫，垂于脑后。头前不留发，是为了跃马奔驰中不让头发遮住双眼，颅后留条粗辫子，在野外行军或狩猎中，可枕辫而眠。

清代男子服装以长袍马褂为主，长袍四面开衩，袖口处装有箭袖，平时翻起，行礼时放下，因形似马蹄，又叫马蹄袖。四面开衩是为了骑射自如，箭袖是为射箭方便，又可御寒，保护手背。

清朝服饰体现了严格的等级制度。清代的长袍以衩来区分贵贱，皇族宗室开四衩，官吏士人开两衩，一般市民不开衩。官服则以顶珠花翎和蟒数多少区分官位。此外，对服装颜色也有禁忌，如皇太子用杏黄色，皇子用金黄色，而下属各王等官职不经赏赐是绝不能服黄的。

清朝服饰的演变体现了满汉文化相互交融的过程。满人入关后，改服易冠规定"男从女不从"，所以妇女的服饰有满汉两式。汉族妇女的头饰有簪、钗、冠子、勒子等，满族妇女则以高如牌楼的"达拉翅"最具特色。汉族妇女着装是上衣下裳，以衫裙为主，但受满族服饰的影响，大襟，右衽，短而窄的袄裙逐渐取代衫裙，成为女子服饰中的主流，满族妇女的服装是由衣连裙的旗袍，但在汉族服饰的影响下，旗袍由四开衩改为左右两开衩，或不开衩，马蹄袖改为平袖，箭袖袍成为一种礼服。

清代男子服饰

清末男子冬装。

清末男子冬季旗装。

满族成年男子的发式是剃发垂辫，即在额前角两端引出一条直线，将直线之外的头发剃去，只留颅后头发，编结为辫垂于脑后并系有配饰。

清代男子的官帽，有礼帽、便帽之分。礼帽俗称"大帽子"，其制有二式：一为冬天所戴，名为"暖帽"；一为夏天所戴，称为"凉帽"。暖帽多为圆形，周围有一道檐边，材料多为皮制，也有用呢制、缎制和绸制的，看天气变化而定。颜色以黑色为多，暖帽中间还装有丝制的红色帽纬，帽子的最高部分装有顶珠，材料多用红、蓝、白、金等色宝石。凉帽形如圆周锥，无檐，俗称喇叭式，材料多为藤、竹制成，外裹绫罗，多用白色，也有用湖色黄色的，上缀红缨顶珠。 顶珠是区别官职的重要标记，按照清朝礼仪：一品官员，顶珠用红宝石，二品官员用珊瑚，三品用蓝宝石，四品用青金石，五品用水晶，六品用砗磲，七品用素金，八品用阴文镂花金，九品用阳文镂花金，顶无珠者，即无品级。

清末汉族男女服饰。

清代男子便帽，也称"小帽子"，以六瓣合缝，缀檐如筒，俗称"瓜皮帽"，创自明太祖洪武年间，取其六合一统之意，这种小帽形式很多，有平顶、尖顶、

清末男子夏季服饰。

清末上层男子冬季服装。

1896 年（光绪丙申年）间男子冬季旗装。

清末下层男子服饰。

硬胎、软胎之别，平顶大多为硬胎，内衬棉花，尖顶大多为软胎，取其便利。

清代男子的服装主要有长袍、马褂、袄、衫、裤等，长袍也叫大衫，满语叫"衣介"。男子长袍为圆领，大襟，右衽，箭袖（马蹄袖），衣长过膝，甚至可以掩足，系扣袢，腰中束带，冬季在棉袍外套上马褂或马甲。清代长袍多开衩，皇室宗亲开四衩，官吏士庶开两衩，也有不开衩的，俗称"一裹圆"的，为一般市民服饰。

马褂多为短袖，袖子宽大平直。短衣短袖便于骑马，所以叫"马褂"。马褂的形制有对襟、大襟和缺襟之别，对襟马褂多为礼服，大襟马褂多当作常服，一般穿在长袍外面，缺襟马褂多作为行装。马褂的颜色除黄色外，一般多用天青色，或元青色作为礼服，其他深红、浅绿、酱紫、深蓝、深灰色都可作为常服。

马甲也称"坎肩"，是一种无袖的马褂，有领，衣长及腹，多为两侧开衩，在领襟处饰以各色花纹。马甲的形制有对襟、大襟、琵琶襟、一字襟等，清初时一般穿在里面，比较窄小，清末尚宽大，一般穿在袍服外面。

清代补服，也叫补褂，无领，对襟，其长度比褂长，比袍短，前

后各缀一块补子，是清代主要的一种官服，穿着的时间和场合都较多。凡补服都为石青色，补子是区分官职品级的重要标志，补子的形状有圆形和方形两种，圆形补子为皇亲贵族所用，上绣龙、蟒图案。方形补子为文武官员所用，文官绣飞禽，武官绣猛兽。

清代"领衣"。清代礼服一般无领，穿时需在袍服上另加一硬领。春秋季节，用浅湖色缎，冬季用绒或皮，这种领子又称领衣，因形似牛舌，故俗称牛舌头。质地用布或绸缎，前为对襟，用纽扣系之，束在腰间。

清末满族男女冬季服饰。

清末家庭服饰。

清末男女服饰。妇女均上着长袄，下着裙子（上图）。

清代汉族少妇头饰刘海，后盘髻，老年妇女前额光光，后也盘髻（下图）。

清代女子服饰

清代女子发饰分为满汉二式，初期还保留了各自原有形制，后在相互影响下，都有明显的变化，而且各地的风俗也不一样。汉族妇女的发式，以盘头为主，初时以高髻为尚，以后还流行过平髻、如意髻等样式。清末，崇尚梳辫，初在少女中流行，以后逐渐普及。

满族妇女的发式，多为"叉子头"式，也称"两把头"、"把儿头"。基本梳法是将头发分作左右两部分，在脑后留一些，其余的都梳向头顶，编成一个发髻，再把脑后的头发挽成垂到领口，俗称"燕尾儿"，然后在头顶的发髻上插戴花朵和首饰。到了清末，这种发髻越来越高，逐渐变成"牌楼式"的固定装饰，只需戴在头顶发髻上，再加一点花朵即可，名为"达拉翅"。"达拉翅"用青色素缎或纱绒制成，高约尺余，正面饰以花朵，侧面悬挂流苏，不用时可摘下。

清代妇女的服饰也分满汉二式。满族妇女都穿长袍，汉族则以上衣下裳为主。满族妇女的旗袍基本与男袍同，只不过在领口、前襟、袖口处镶饰花边，旗袍的总体风格是上下一体，线条流畅，使穿着者显得亭亭玉立。装饰方面，镶、嵌、滚、绣、荡、贴、盘、钉样样俱全。贵族妇女花边镶有十道，称十八镶。在旗袍外加罩一件马甲，这是满族妇女十分喜爱的装束，这种马甲与男式马甲一样，也有大襟、对襟、琵琶襟、一字襟等形制，长度多到腰际，并缀有花边，做工精良考究。满族妇女多穿高底鞋，由于形似花盆，也有称为花盆底鞋，这种鞋比普通女鞋高出二至三寸，有的甚至高出四到五寸，鞋跟都用白细布裱蒙，鞋面用刺绣、穿珠等工艺。

清代汉族青年女子夏季服饰（左上图）。

清代满族少女头发梳理成两把头式，装饰非常讲究，身着马甲，旗袍的镶边、锁扣色彩对比精美（右上图）。

清代满族贵妇头饰均为流行的达拉翅，背坐者展示了达拉翅后边的梳理方式（左下图）。

清末满族贵妇头戴的达拉翅，中间镶嵌大朵牡丹花，右前额缀满无数桃红花朵（右下图）。

清代满族贵妇服饰
做工异常考究，尤
其是马甲、旗袍的
边饰更为精美。

清代满族妇女及其
子弟的服饰。

清代满族贵妇每人头戴的达拉翅，各个均有明显变化，服饰马甲亦有特色。

清末满族男女服饰。

满族农村妇女服饰。

东北地区四平农家
妇女服饰。

清末满族贵妇及其子弟的服饰。

清代满族妇女冬装旗袍、马甲款式均不同。当时崇尚"樱桃小口一点点",故每人口涂盈红。

清代汉族妇女的服饰,初时仍承明俗,以衫裙为主。乾隆年间以后,大襟,右衽,镶有花边的袄裙渐成主流。长袄的特点是在领底和袖口处镶有宽花边,并且不同时期袖子流行的宽窄也不一样,时而流行宽,时而流行窄。长袄的长度一般在膝下,有时外面再加穿一件较长的背心,背心的边缘都装饰有花边。汉族妇女下身一般着裙,清初崇尚"百裥裙",乾隆年间流行"裙",同治年间又出现一种"鱼鳞白裥裙",此外还有"凤凰裙"、"白蝶裙"等。除穿裙外,也有穿裤子的,裤子的样式也有变化,初为大裤管,后逐渐变为小裤管,裤口镶有花边。汉族妇女的缠足之风,到了清代尤其盛行,所以汉族妇女以穿弓鞋为多,俗称"三寸金莲"。此外,清代凡后妃命妇,都以"凤冠霞帔"作为礼服,命妇的朝服中间缀有补子,补子上所绣样案图纹,一般都根据其丈夫或儿子的品级而定,惟独武官的母妻,不用兽纹而用鸟纹。"凤冠霞帔"在清代妇女的婚礼服上也用,清末时多在肩部戴云肩,云肩制作精美,有的剪裁为莲

清末满族贵妇及其子弟的服饰（左上图）。

清末妇女的头饰前额无刘海，为两把头，身着高脖领冬季旗袍（右上图）。

清代满族贵妇夏季服饰简洁、明快，脚穿高底鞋（左下图）。
怀抱婴儿的清末满族贵妇着装（右下图）。

清代汉族老年妇女
头戴绒绒毡帽，身着
皮冬袄（左上图）。

清末诰命夫人便装
（左下图）。

这是一个清代汉族
家庭的合影。右坐
为长，膝下为孙，左
为儿媳。从他们的
服饰上可看出满汉
服饰文化的交融
（右上图）。

清末军装、旗服、女
官服饰。左女为诰
命夫人，着官服。中
间长者着男子旗装；
右边青年男子着清
朝新式军服（右下
图）。

清末民初汉族冬季服饰（左上图）。

清代汉族妇女服饰，外长褂、长裙，内长裤，主要变化仍然是在服装的边饰上（右上图）。

清代汉族妇女头发盘髻的照片（左下图）。

清代汉族妇女儿童服饰（右下图）。

清末汉族妇女节日盛装时的头饰和服饰。

清末汉族家庭服饰。

花形，或结线为璎珞形，周
围垂有排须。

2．民国服饰

清末汉族男女冬装。

　　随着封建帝制被推翻，
满族统治的失败，人们的
服饰起了很大的变化，男
子或西服加长袍"中西合
璧"，或西服革履一派"洋
务"，或长袍马褂的"国粹
派"，或全副中山装的革命
党人形象。女子先是时兴
高领袄衫，继而时兴高开
叉无袖旗袍，五颜六色，绚
烂夺目，一时中西满汉，异
彩纷呈，服饰新潮一浪高
过一浪。

清末汉族家庭众生相。

民国男子服饰

　　辛亥革命胜利后，中
国男子纷纷剪去那条象征
封建帝制的粗辫子。这一
时期服装主要有长衫、马
褂、中山装及西服等。其中
长衫、马褂为《服饰》中规
定的服饰，作为礼服，一般
用于交际，其款式、质料、
颜色及尺寸等都有一定的

清末儿童服饰。

规定。如马褂，一般都用黑色丝麻棉毛制品为之，对襟窄袖，下长
至腹，前襟钉纽扣五粒。长衫则用蓝色，其形制为大襟，右衽，长
及脚踝上二寸，袖长及马褂并及。在下摆左右两侧开衩。用作便服

民初男子服饰。

的马褂、长衫，颜色可以不拘。此外，在知识分子及青年学生中还喜欢穿"学生装"。这种服装是方形立领。下穿水裤，穿这种服装，能给人一种精神、庄重之感。孙中山先生当时就非常喜欢，所以有"中山装"之称。另外还有一种男子服装西装主要是从欧美流传过来的。

民国女子服饰

自光绪末年至民国初年，在女子中曾经流行过的发髻，有螺髻、包髻、连环髻、朝天髻、元宝髻、鲍鱼髻、香瓜髻、空心髻、盘辫髻、面包髻、一字髻、东洋髻、堕马髻、舞风髻、蝴蝶髻等等。年轻的妇女，除了梳髻以外，还留一绺头发在额前，称前刘海。前刘海的样式，也不完全一样，有一字式、垂丝式、燕尾式等等。到了 20 世纪 20 年代左右，开始流行剪发。30 年代后，烫发技术传到中国，中国大城市的妇女，开始烫发，有的还把头发染成红、黄、棕、褐等不同颜色，以此为时髦。

民国初年时的女装以上衣下裙最为流行。上衣有衫袄、背心，样式有对襟、大襟、一字襟、琵琶襟、直襟、斜襟等变化，领袖襟摆多镶滚花边式刺绣纹样，刚开始流行高领，窄袖方摆的长袄衫。（后来又渐渐演变成低领，肥袖圆摆的短袄衫。20 世纪 20 年代，旗

清末民初汉族冬季服饰。

民初新式高领妇女装。

民国初年的夏季女装较清代有了很大改变，头发的梳理也颇不同（左上图）。

民国时期妇女西式裘皮冬装服饰（右上图）。

民国时期妇女高领初夏季服饰（左下图）。

袍开始普及，刚开始与清末旗装没有多少差别，但不久，袖口开始逐渐缩小，滚边也不如从前宽阔。至20年代末，因受欧美服装的影响，旗袍的样式也有了明显改变，主要是收紧腰身，使其更能完美地体现妇女的曲线，让穿着者显得亭亭玉立，高雅迷人。因而在20世纪30年代初，旗袍在妇女中盛行起来，当时的样式变化主要集中在领、袖及长度等方面，先是流行高领，即使在夏季，薄如蝉翼的旗袍也必配上高领，渐而又流行低领，低得不能再低时，

民国时期妇女的开
叉无袖夏季旗袍。

京剧老生戏装。

就穿无领旗袍。袖子也一样，先流行长而过腕的，后来又流行短至露肘的，到夏季干脆穿无袖旗袍。

艺术服饰

清代的戏曲服装，基本承袭明制，如以明代的乌纱帽作为官帽，补服作为官衣等等，并掺入了一部分时式服装，如箭衣、马褂、坎肩及短袄等。据不完全统计，清代戏装的款式，大约有几十种甚至上百种之多，各地区、各剧种、各时期及各戏班还有差异。但总的看来，以蟒、帔、靠、褶、官衣等几种最为常用。

清朝末年的川戏旦角服装。

清末京剧花旦戏装。

民国初年杂耍艺人服饰。

妇女戏装。

清朝末年什不闲戏
班的戏装。

三、快乐庆典：传统节日与相关民俗

1. 春 节

农历年的岁首称为春节，古称元旦，是中国人最隆重的传统节日。据记载，中国人过春节已有 4 千多年的历史，它是由虞舜兴起的。

围绕着春节，几千年来形成了许多风俗习惯，如扫尘、祭灶、祭祖、敬天、燃放鞭炮、接神、张贴春联和年画、拜年、耍龙灯、舞狮、踩高跷、划旱船、逛花市等等。

办年货：几千年来过年一向是中国人生活中的大事。过年之前要置办年货，包括吃的、用的、穿的、戴的、耍的、供的、干的、鲜的、生的、熟的。北京年货种类之多是全国各地都比不了的。如《京都风俗志》云："十五日以后，市中卖年货者，星罗棋布。"复杂的年货，也是这种社会生活的反映。北京的年货如按大类，可分饮食、衣着、日用、迷信、玩耍、点缀六类。饮食中大路货如猪、羊肉、鸡鸭这是最普通的；鹿肉、野鸡、冻鱼等则都是来自山海关之外的关东货；而水磨年糕、糖年糕、冷笋、玉兰片之类，则又是江南的东西。衣着各时代不同，但旧时除去"旗装"而外，也讲究南式。年货中日用品不少，来自南方的有纸张、竹器、瓷器等等；迷信用品是旧时年货的大宗，如线香、锡箔、木版印的门神、灶王临近年关时，中国民俗传统是采办年货，将节日的衣食安排得丰富、新鲜，以求欢乐迎新。图为北京采购年货者。

爷、供佛的花、蜜供等等，其中折"元宝"、锭子的锡箔则全来自南方。玩耍的东西就更多了，儿童的、大人的玩艺，都不分南北满汉。《春明采风志》云："琉璃、铁丝、油彩、转沙、碰丝、走马、风筝、鞑毛、口琴、纸牌、拈圆棋、升官图、江米人、太平鼓、响葫芦、琉璃喇叭，率皆童玩之物也，买办一切，谓之忙年。"还有爆竹类如百响、麻雷子、二踢脚(即双响)、起花、太平花，以及骰子、纸牌和点缀岁时的贡品如水仙头、佛手。一进腊月，各闹市皆拥挤不堪，都是买年货的人，但各种东西也都涨了不少，商人趁机做一笔好生意，故有腊月水土贵三分之谚。

守岁：农历年最后一日，俗称："大年三十"。是日，家家将家务事处理完毕，外出人口都要尽力在此日赶回家。贴年画、春联、放鞭炮，全家欢聚一堂，吃年饭。晚上全家人坐守长夜，叙旧话新，互相鼓励，为"守岁"。

接财神：财神是中国民间普遍供奉的善神之一，每逢新年，家家户户悬挂财神像，希冀财神保佑以求大吉大利。

北方在除夕之夜，全家人吃罢饺子，等待着接财神。"财神"其

农历正月初一过年，又称春节，是中国传统节令之中最重要的节日。迎新辞旧是主要节日内容。图为中国东北地区民俗，大年三十敲锣鼓迎财神，以求来年财源广进。

实是印制粗糙的财神像，此财神像用红纸印刷而成，中间为线描的神像，两旁写着"添丁进财"、"祈求平安"的吉利词语。"送财神"的是一些贫寒子弟，或街头小贩，他们低价买来财神像，穿街走巷，挨门挨户叫卖："送财神来喽！"

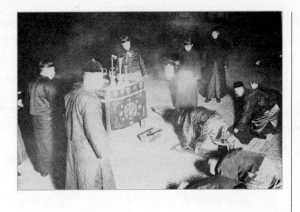

图为中国东北民俗，大年三十晚焚香叩头，迎接财神，以求来年财源茂盛的接神仪式。

户主绝不能说"不要"，而要客气地说："劳您驾，快接进来。"几个铜子就可买一张，即使再穷也得赏个黏豆包，换回一张。一个除夕夜，有时能接到十几张"财神"，这是为了讨个财神到家，越过越发的吉利。

每到春节，举国各地均祭祀财神，祭祀方法各异。北方地区春节时，家家请回财神，供奉财神像，焚香上供品。正月初二清晨祭焚财神像。祭祀时边行礼边诵祝词："香红灯明，尊神驾临，体察苦难，赐富百姓。穷魔远离，财运亨通，日积月累，金满门庭。"清代俗曲则云："新正初二，大祭财神，点上香烛把酒斟，供上了公鸡猪头活鲤鱼，一家老幼行礼毕，鞭炮一响惊天地。"祭祀场面非常隆重。

东北地区大年三十晚祭财神的贡桌。

南方敬祭财神供品内容特别讲究，供品共分三桌：第一桌为果品，有广橘，示生意广阔；第二桌为糕点，多用年糕，意为年年高，糕上插有冬青枝，意为松柏常青；第三桌为正席，有猪头、全鸡、全鸭、全鱼等等，有招财进宝、鱼跃的吉意。祭祀时，主人点燃香烛，众人顶礼膜拜。人人满怀发财的希望，祈愿在新的一年里大发大富。在全国各地，都有祭祀财神的踪迹。

根据《封神榜》所载，财神姓赵名公明。他原在峨眉山罗浮洞修道，因助纣攻打武王，死后被封为"金龙如意正一龙虎玄坛真君之神"，并统领"招宝天尊"、"纳珍天尊"、"招财使者"、"利市仙官"四个部下，他们的职责都与财有关，赵公元帅便成了盼望发财者崇仰祀奉的对象。旧时财神庙和各家各户所供的财神，其尊容颇凶，乌面浓须，怒睁圆眼，头戴铁冠，一手执钢鞭，一手捧元宝，身下还跨有黑虎，故又有"黑虎玄坛"之称。传说这位赵公元帅职掌除瘟翦虐，驱病禳灾。凡有冤抑难伸，他会主持公道；人们买卖求财，他可以使人获利，别无他人可以代替。

除了赵玄坛被尊为"正财神"外，民间还有"偏财神"五显财神、"文财神"财帛星君和"武财神"关圣帝君的说法。"文财神"财帛星君，也称"增福财神"，他的绘像经常与"福"、"禄"、"寿"三星和喜神列在一起，合起来为福、禄、寿、财、喜。财帛星君脸白发长，手捧一个宝盆，"招财进宝"四字由此而来。一般人家春节必悬挂此图于正厅，祈求财运、福运。"武财神"关圣帝君即关羽关云长。传说关云长管过兵马站，长于算数，发明日清薄，而且讲信用、重义气，故为商家所崇祀，一般商家以关公为他们的守护神，关公同时被视为招财进宝的财神爷。

舞狮子：每逢元宵佳节或集会庆典，民间都以狮舞前来助兴。这一习俗起源于三国时期，南北朝时开始流行，至今已有一千多年的历史。在一千多年的发展过程中，狮舞形成了南北两种表演风格。北派狮舞以表演"武狮"为主，即魏武帝钦定的北魏"瑞狮"。小狮一人舞，大狮由双人舞，一人站立舞狮头，一人弯腰舞狮身和狮尾。舞狮人全身披包狮被，下穿和狮身相同毛色的绿狮裤和金爪蹄靴，人们无法辨认舞狮人的形体，它的外形和真狮极为相似。引狮人以古代武士装扮，手握旋转绣球，配以京锣、鼓钹，逗引瑞狮。狮子在"狮子郎"的引导下，表演腾翻、扑跌、跳跃、登高、朝拜等技巧，并有走梅花桩、窜桌子、踩滚球等高难度动作。南派狮舞以表演"文狮"为主，表演时讲究表情，有搔痒、抖毛、舔毛等动作，惟妙惟肖，逗人喜爱，也有难度较大的吐球等技巧。南狮以广东为中心，并风行于港澳、东南亚侨乡。南狮虽也是双人舞，但舞狮人下穿灯笼裤，上面仅仅披着一块彩色的狮被而舞。和北狮不同的是"狮子郎"头戴大头佛面具，身穿长袍，腰束彩带，手握葵扇而逗引狮子，以此舞出各种优美的招式，动作滑稽风趣。南狮流派众多，有清远、英德的"鸡公狮"，广州、佛山的"大头狮"，高鹤、中山的"鸭嘴狮"，东莞的"麒麟狮"等。南狮除外形不同外，尚有性格不同。白须狮舞法幅度不宽，花色品种不多，但沉着刚健，威严有力，民间称为"刘备狮"。黑须红面狮，人称"关公狮"，舞姿勇猛而雄伟，气概非凡。灰白胡须狮，动作粗犷好战，俗称"张飞狮"。狮子为百兽之尊，形象雄伟俊武，给人以威严、勇猛之感。古人将它当作勇敢和力量的象征，认为它能驱邪镇妖，保佑人畜平安。所以人们逐渐形成了在元宵节时及其他重大活动里舞狮子的习俗，以祈望生活吉祥如意，事事平安。

踩高跷：是民间盛行的一种群众性技艺表演。高跷本属我国古代百戏之一种，早在春秋时已经出现。据古籍中记载，古代的高跷皆属木制，在刨好的木棒中部做一支撑点，以便放脚，然后再用绳

舞龙和踩高跷。

索缚于腿部。表演者脚踩高跷，可以作舞剑、劈叉、跳凳、过桌子、扭秧歌等动作。北京演出的高跷秧歌中，扮演的人物有渔翁、媒婆、傻公子、小二哥、道姑、和尚等。表演者扮相滑稽，能唤起观众的极大兴趣。南方的高跷，扮演的多是戏曲中的角色，关公、张飞、吕洞宾、何仙姑、张生、红娘、济公、神仙、小丑皆有。他们边演边唱，生动活泼，逗笑取乐，如履平地。据说踩高跷这种形式，原来是古代人为了采集树上的野果为食，给自己的腿上绑两根长棍而发展起来的一种跷技活动。

划旱船：民间传说是为了纪念治水有功的大禹。划旱船也称跑旱船，就是在陆地上模仿船行功作，表演跑旱船的大多是姑娘。旱船不是真船，多用两片薄板，锯成船形，以竹木扎成，再蒙以彩布，套系在姑娘的腰间，如同坐于船中一样，手里拿着桨，做划行的姿势，一面跑，一面唱些地方小调，边歌边舞，这就是划旱船了。有时还另有一男子扮成坐船的船客，搭档着表演，则多半扮成丑角，以各种滑稽的动作来逗观众欢乐。划旱船流行于我国很多地区。

中国是个多民族的国家，各民族过新年的形式各有不同。汉族、满族和朝鲜族过春节的风俗习惯差不多，古代的蒙古族，把春节叫做"白节"，正月叫白月，是吉祥如意的意思。藏族是过藏历年。回族、维吾尔族、哈萨克族等，是过"古尔邦节"。春节也是苗族、僮族、瑶族等的盛大节日。

耍狮子和划旱船。

2．元宵节

农历正月十五为元宵节，也叫元夕、元夜，又称上元节，因为这是新年第一个月圆夜。因历代这一节日有观灯习俗，故又称灯节。早餐吃元宵，以示团圆。各地遍闹花灯，有龙灯、花挑和踩高跷、猜灯谜等形式。元宵节后，群众娱乐、走亲访友等活动渐少，民谚曰"吃了月半饭（指正月十五），大家把事干"。

3. 清　明

清明节是我国传统节日，也是最重要的祭祀节日，是祭祖和扫墓的日子。扫墓俗称上坟，祭祀死者的一种活动。节前数日即陆续去祖坟祭祖，清明节为高潮，节后停止。　汉族和一些少数民族大多是在清明节扫墓。清明节，又叫踏青节，因为正值春光明媚草木吐绿的时节，是人们春游（古代叫踏青）的好时候，所以古人有清明踏青，并开展一系列体育活动的的习俗。

4. 端　午

端午亦称端五，是我国最大的传统节日之一。"端"的意思和"初"相同，称"端五"也就如称"初五"。　有划龙舟和吃粽子、饮雄黄酒、悬菖蒲、艾等习俗。

5. 中　秋

农历八月十五，居秋季之中，为中秋节，俗称八月节。清代，中秋夜家家有宴，以酬佳节，除了赏月、吃月饼、团聚外，《清嘉录》记："妇女盛妆出游，互相往还，或随喜尼庵，鸡声喔喔，犹婆娑月下，谓走月亮。"民国，拜月赏月习俗犹盛。

6. 中 元

农历七月十五日，俗称"鬼日"。是日晚，户户在家前屋后焚纸钱祭祖。

7. 重 阳

农历九月初九，两阳相重，故叫"重阳"，重阳节又是"老人节"。 老人们在这一天或赏菊，或登高。 重阳节还有插茱萸，饮菊花酒，吃重阳糕等风俗。茱萸，又名越椒或"艾子"，是一种常绿小乔木；重阳糕，又叫"菊糕"、"花糕"，即古时的"蓬饵"。因糕与"高"谐音，重阳佳节，不能登高而吃点糕，也可聊以自慰。

四、生命欢歌：人生礼俗

1. 出　生

　　妇女怀孕期间，娘家要准备婴儿穿的衣被尿片等用品，婆家则炒阴米子，俗称"催生米"。生育后，要祭祖报喜，三日洗浴，焚香拜床公床母。产妇一般休养一个月，俗称"坐月子"。产妇娘家亲戚同来祝贺，称为"送粥米"。 婴儿出生过百日，穿百家衣，挂百家锁，祝福长命百岁。小孩盈周年，由外婆馈赠礼品：项圈、手镯、脚镯、长命锁、饰有银质十八罗汉狗头帽、绣上八卦图的兜、虎头鞋等。还要给孩子"抓周"，预测婴孩未来的职业。命名有时需要请算命先生算卦，以命中所缺之物事补之，

摇篮。

打幡是中国民间传统的红白喜事中礼仪队伍的一部分，也用于官方仪仗，是一种象征吉利而招摇过市的仪仗。

有的取用吉祥字眼，有的取阿猫阿狗，以为好养。名字与属相不能相克。

2. 婚 庆

婚姻多以"父母之命，媒妁之言"包办，讲究门当户对。其程序分为"订婚、朝节、送日子、迎娶、拜堂、闹房"等步骤。一方家长（多为男方）相中另一方后，即请媒人说合。若对方家长也满意，即请阴阳先生配合双方子女的八字（所谓八字，指生辰之年、月、日、时之干支），如相合，即选择吉日，填好男青年庚帖，备置聘礼，由媒人送至女方，并带回女方庚帖，男方即宴请亲友、邻居，宣布订婚。订婚后，每年端午、中秋，男方至女方拜节。男方即请阴阳先生选择婚期，说明注意事项，并告之女方。同时以"正礼"送女方家长，"代礼"送女方父母同辈亲戚（受者至婚期还礼祝贺）。女方在接到"日子"礼品后，便根据家庭实际情况和男方彩礼的多寡准备嫁妆。俗话说："大户人家贴钱嫁丫，中户人家仅钱嫁丫，贫户人家落钱嫁丫。"迎娶时，男方一面在家宴客、谢媒，一面组织队伍迎娶新娘。迎新队伍由花轿前行，吹鼓手随后，一路上鼓乐不断，鞭炮声声，喜气洋洋。"送亲"、"哭嫁"有不同风俗。新娘至堂屋即与新郎举行婚礼。一拜天地，再拜男方祖先、父母，三夫妻对拜。拜毕入洞房。婚礼中有撒帐一项，用品有红枣（早生贵子）、栗子（谐"立子"、"利子"）、桂圆（早生贵子）、花生（男女孩双全）、香烟（香火绵延）、石榴（象征多子），这些都是求子的风俗。还可以到佛寺神庙去祭拜送子观音、送生奶奶、送子财神等。湖南长沙还有"麒麟送子"活动。入洞房后，二新人先喝传杯茶，后由童男童女相陪，吃团圆饭。晚间，亲友皆来"闹新房"。习俗"三天不分大小"，即无论老少皆可闹房，闹房时，一说吉利话，一答好，气氛热烈。

3．寿　庆

在生日这一天举行的庆祝活动俗称"过生日"。对50岁以上的老人过生日称为"做寿"。一般逢十称为"大寿"，像50大寿、60大寿、70大寿，但实际上循做九不做十之俗，往往是在虚岁59岁时做60大寿，其余类推。富贵人家做大寿是十分隆重的，事先要向亲朋好友发请柬，一般要提前三天。做寿的时间是一天，有的在家里办，有的在饭庄办。寿堂安排在正房正厅，是拜寿行礼的场所。正面墙上挂着刺绣或绘制的寿星像，或者是寿字中堂或寿帘，两旁配有写有"福如东海，寿比南山"的寿联。也有供上福、禄、寿三星像的，案上摆放着蜡扦，上插寿烛，还有一对插花用的花筒，还要摆放香炉。平民小户人家的寿堂是在堂屋的八仙桌上摆上寿桃、寿面，点上一对大双包的红蜡烛，压上一份敬神钱粮，到香蜡铺请一份木刻水色印刷的"本命延年寿星君"的神码夹在神纸夹上。

寿星老人身穿带有福寿图案的袍褂坐在太师椅上，接受家人

为老年人祝寿，是中国传统的民俗礼仪活动，图为清末上层人物祝寿时的寿堂。从画面上看，四面祝寿锦帐，中有祝寿对联和字画，下摆多张筵桌，异常奢侈排场。

和亲友的叩拜。晚辈一般都是磕头，跪拜时说一些吉利话，平辈人叩头时寿星老人要站起来做出用手搀的动作，表示请对方免礼。如果是长辈，只需拱手，受贺人还要主动让长辈坐在自己受贺的座位上，给对方磕头。亲友携礼祝寿，寿礼有寿幛、衣料、鞋帽、钱币、寿匾、寿联、寿茶；有送字画、绸缎、玉器、古玩、笔墨纸砚的；还有送红包的。主人要摆下寿宴招待亲友，从高档的燕翅席、海参席到普通的酒席都可以。北方一带主食必须是"长寿面"。有钱人家做寿，还要请艺人唱堂会。

同时有为病人"借寿"，为亡人过冥寿的做法；又祭拜寿星，寄托于龟鹤松柏梅竹山海，以期寿福双全。

4. 丧 葬

过去丧葬中一系列活动都受灵魂不死观念的支配或影响，有

汉族传统的丧葬仪式中，为寄托对于死者的哀思，死者的后代、亲属要身着丧服，披麻戴孝。图为穿着丧服的妇女和儿童。

招魂、超度、祭祀等活动。民间丧礼有喜剧色彩，老人寿终正寝称为喜丧，丧礼称为白喜事，虽然至亲哀痛，但送终是送一位辛苦了一生的老人安息于地下，故仪式要热闹，举乐唱戏，如过节一般。墓葬视社会地位、财产多寡而定

扛房是北京旧时专门承办丧礼出殡的行业，为了显示死者的身份和地位，以及后人对死者丧事的态度，出殡时有16扛（指抬棺材的人数，2人为一扛）、32扛、64扛之分。图为最高档次的64扛出殡场面。

规格，但大多要先看风水，选定阴宅的最佳位置，据说它关系到家族后代子孙的兴旺发达。

父（母）病重，亲人环侍，刚一咽气即抬入尸堂屋，头向神龛脚向大门停放，称寿终正寝。忌顺梁横放，忌头不向神龛。同时撤去病榻卧具，古称易箦。死于户外（医院例外）或不是直系亲人，不能停尸堂屋。在死尸脚下置盆烧纸钱称烧倒头纸，灰烬不弃，包好放棺中。设香烛并于停尸板下点油灯称点过桥灯。还要放鞭炮，为死者抹澡，穿寿衣。在堂屋设神案供灵牌。有的还设孝帏、孝幛。

父（母）亲咽气，子女立即用白布缠头带孝。成服时正式披麻戴孝；正孝子麻冠、麻衣（长背心式）、孝服、孝鞋、麻缕系腰，孝帕长九尺拖及脚背（如祖父母尤存贴圆形红纸于麻冠上，女婿亦同）。丧服分斩衰、齐衰、大功、小功、缌麻，视服孝人亲疏而异（如孝布长短……），称五服。穷苦人家制备不起孝服但必包孝帕。亲友要亲往丧家吊祭，送丧家金钱、香烛、冥锭以及孝帏、挽联。

出葬前，要让亲友与死者见最后一面，接着将棺盖封牢，出葬日选择农历单日。出葬时，孝子登门跪请八大汉，以"龙杠"、"龙绳"和"出丧杠"等丧具抬棺上山，亲友带孝哭送。出葬第三日，至墓地祭祀，称为"复山"。七日，以芦苇等物扎一小梯靠于院墙引亡灵回家探视。

五、挥之不去的阴影：
迷信、陋习、禁忌

1. 迷 信

请菩萨

久旱无雨，民间即抬龙王或其他菩萨至野外广场上，或将菩萨置于干涸的水塘底，敬香、朝拜祈雨，直至下雨时，才将菩萨请回庙内。若久病不愈，则认为恶鬼缠身，家人遂请菩萨到家里去捉鬼，或将菩萨请到药铺，按其旨意取药以治病。

抽签相面、求神问鬼等占卜算卦是中国古老的迷信活动。图为大道旁为行人算卦者。

算命和跳神

过去民间看相、算命、跳神等活动相当流行。看相算命有摆摊挂牌和走街串巷两种方式，许多盲人以此种职业为生。或排八字，或测字，或看手相，或用《易经》占卜，或六壬起课，或金钱卜，或文王课，或奇门遁甲，或占星，或扶乩，种种术数，不一而足。跳神者女称巫婆，男称神汉，主要功能是降神驱邪，为人治病镇惊。赵树理在1943年于太行山写的《小二黑结婚》，内中描写的二孔明就是起神课、做占卜的阴阳先生；三仙姑则是扮天神为人求财看病的神婆子。

叫生魂

孩子、成人久病不愈，或受惊吓发烧，则认为魂魄失散在外。母亲或其他家人于夜深人静时，于户外边撒五谷边喊病者的乳名，另一家人随之答曰"来了"。直喊至病者床前。如此连续数晚。

冲　喜

老年人病重，家人为其赶制老衣(死后穿的衣服)，准备棺材；或未婚青年久病不愈，家人为之娶亲，但婚后暂不同居。统称"冲喜"。

唱平安戏　打醮

乡村若遇瘟疫、火灾或其他灾害，村民则认为不平安。遂集资请戏班子来唱京戏。农历七月十五祭祀，是日，民间称为"鬼节"。人们于当晚到三岔路口，按先祖人数划圈焚烧纸钱，并增划一圈以祭孤鬼。

巫术治病

巫婆以坐坛(谓某大仙附体)、细察病者衣服朝亡(谓某死者阴魂附身)等方法，并以香灰、"仙水"、"仙丹"等让病者服用，以便敬神、驱鬼，达到治病目的。

2．陋　习

溺　婴

清末民国时期，贫困人家无力抚养更多的子女，又节育乏术，或因重男轻女思想的影响，多将刚出生的女婴溺死。

缠　足

清末时，妇女崇尚裹脚（缠足）。即在女孩幼时，家长使用布、线等将脚长期裹起来，成人后仍呈小孩脚形状。缠足的风俗在中

三寸金莲的真实面
目(左上图)。

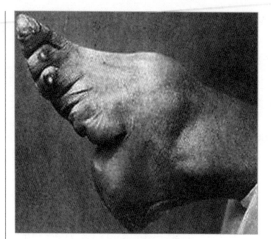

三寸金莲鞋（右上
图）。

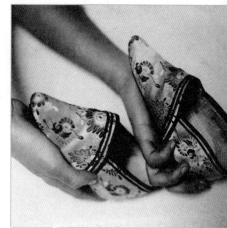

赌博是传统的陋习,
历代均有,图为民
国时期东北一带某
赌场。

国历史上历时一千余年，蔓延极广，妇女缠过的畸形小脚被美化为"三寸金莲"，既残害妇女身心，又违反人道。

赌 博

赌博历代都有，民国期间，赌博尤为风行。赌博的方式很多，连偏僻的广西都有几十种赌法，受西方赌风影响很深的通都大邑广州、上海、天津等地就更多了。当时国内"传统"赌法有：麻将、牌九、花会、铺票、山票、番摊、白鸽票、牛栏、顶牛、十二位、天九、打鸡、赶绵羊、三军、侯王、升官图、十点半、柑票、肉票、陶器票、啤牌、十三张、纸牌、诗韵、通宝、十五糊、斗鸡、斗狗、斗雀、斗蟋蟀等等。此外，还输入了西洋的赌博方法，其中有三十六门转盘、扑克、打汽枪、抢场、彩票、赛马、回力球等等。从城市到村镇，赌场遍布，赌台广设，中西赌法，一任所好。

吸鸦片

第二次鸦片战争后，鸦片成为合法商品在各通商口岸长驱直入，各城市的吸食者也迅速增加。1872年，"上海城厢烟馆共计1700余家，几同茶、酒、饮食之店焉"。到20世纪30年代，城市中吸毒盛况空前，上海烟馆林立，仅低级烟馆"燕子窝"即多达2万余家，三次烟民登记，达6.5万余人；汉口在1933-1938年间，除有数十家较大烟馆外，售吸棚户多达700余家；而重庆成年男子抽烟者占7/10，女子占3/10，每天鸦片销量达3吨左右，耗银约10万两。19世纪80年代，全国吸食鸦片者约2 000万，占全国总人口42 000万的5%左右；1929-1934年间，全国吸毒人口达到空前地步，总计全国吸食毒品的人数达8 000万，约占总人口的16.8%。当时烟馆到处都是，出入烟馆的大多是乡绅子弟和游手好闲之徒，不少人因此耗尽家资，沦落街头。

中国近代政府对吸毒时禁时弛。中国不仅是发布禁烟令最早的国家，也是发布禁烟令最多的国家。自1729年雍正帝颁布中国也是世界上第一个禁烟令以后，先后又有道光年间的林则徐禁烟，1906-1917年的清末民初十年禁烟，1935-1941年国民党六年禁烟计划等多次禁烟。然终因政局动荡、政风腐败等故而使烟毒禁令成一纸空文。特别是官场吸毒的示范效应，使吸毒具有了法律之外的"合法性"。十年禁毒期间，至1909年初，据禁烟大臣端方报告，全国已戒烟者500万人，其中官员就有100余万人。天津"中等以上住户，每以鸦片款客为荣"，贵州省不少地区"几乎家置烟灯，以为日常生活及供应酬客之必需品"，绥远省"以大烟款待客人，已成牢不可破之习惯"。民国时有人调查，吸食者的职业，政界占21.4%，军界占15%，商界占21.67%，学界占18.75%，劳动界占25%。

清末民初时期的娼妓

娼妓，从辞义来讲，娼，专指经营卖淫行业的人，即俗语所谓

清朝中叶鸦片流入中国，毒害甚巨。图为民国时期的某大烟馆。

"龟公"、"龟婆"之类；妓，原指"女乐"，后专指出卖肉体的妇女。娼妓制度在我国已延续几千年。

清末民初至新中国成立是中国卖淫畸型发展期。由于战乱频繁，民不聊生，使一批批走投无路的妇女被迫卖淫；破产的女农民、女工进城卖淫；外国妓女也开始进入中国；而列强建立的租界对卖淫之风起着示范和保护作用。大批国民党党政要员以妓院作为"销金窟"、"娱乐场"，并把征收"花

卖淫是古老的陋习。图为丹东的妓院集中区荣安里。

捐"作为重要财源之一，使卖淫公开化、合法化。于是，清末以来，娼妓之业日兴，卖淫之风日炽。从繁华都市到乡间城镇，从东南沿海到边远省份，到处妓院林立，几乎没有例外。一位国民党大员甚至说："没有娼妓还成什么城市"。

据统计，北京市1917年公私娼合计已逾万人，上海市1920年各类娼妓总数已达60 145人。上海1842年后，"其娼妓事业与工商业有并进之势"，其"青楼之盛甲于天下，十里洋场，钗光鬓影，几如过江之鲫"。20世纪初和20年代，乐灵生牧师曾通过中华博医会的会员在中国41个人口从1 200人到150万人不等的城市调查，发现妓女人数与人口比率是1：50至1：5000，平均比率是1：325，在南京、桂林、烟台、北京、济南、上海六个拥有6—150万人口的城市中，妓女人口比率是1：153至1：593，平均比率是1：300。

大致说来，娼妓数量与城市规模成正比，县级城镇几十上百，通商大埠则逾千上万。且统计数字多是公娼人数，因私娼暗地营业，无从统计，且人数一般多于公娼，由此推算娼妓数目更是惊人，如有人估计20世纪30年代上海娼妓人数当不下十万。娼妓等

清末北京汉族无名妓女。

清末北京满族无名妓女。

级很齐全，妓女数量多、层次全，是卖淫走向社会化的表现，也是为了适应近代城市不同阶层嫖客的不同需要。

民国时期，许多都市妓风日盛，一个重要原因，是受了租界的影响与保护。藏污纳垢的租界，到处是荒淫和堕落。天津租界，便是一个缩影。在天津强占租界的有九国之多。其中妓风最盛的是法租界、日租界。法国对租界的经营，力求使之成为巴黎式的花花世界。据统计，至1943年10月，法租界领取执照的妓女已达2667人。

中国人开设的妓院多分布在旭街两侧。根据1936年的统计，日租界内领有营业执照的妓院达200余家，正式上捐的妓女（包括中、日等国籍）达千人以上。1936年的妓女征税总额为25392元。这是公开的纳税，至于巡捕、宪兵、特务向妓院的勒索，则无从计算。此外，日租界还有大量的暗娼。民国时期，白俄妓女在天津卖淫者也不在少数。

北京前门外韩家潭一带，是解放前北京妓院密集的地区，俗称

"八大胡同"，主要有韩家潭、百顺胡同、石头胡同、小李纱帽胡同、朱家胡同、朱茅胡同、博兴胡同、王广福斜街等处。到解放初北京市封闭妓院时，妓女总数达1316名。年龄最小的13岁，最大的52岁。其中半数以上是18岁至25岁的青年妇女。接客最早的从9岁开始，有的混事达20年之久。北京娼妓共分四等：小班、茶室、下处、老妈堂。一、二等妓院内陈设豪华，妓女比较年轻漂亮。三、四等妓院，房屋摆设较差，妓女长相也较一般，年龄也大些。妓女和妓院的关系有以下两种情况：一种是被卖给领家和妓院，挣的钱都归老板，其中有的有一定年限，有的则终身失去自由。另一种是自混的，即没有写卖身契的妓女，她们一般不遭毒打，但挣的钱老板要批账，妓女所得极少。三、四等妓院妓女最苦，白天黑夜都要接客，挨鞭子、跪搓板、饿肚子是家常便饭。此外，北京还有一种"土娼"，大都隐蔽于胡同深处。土娼有三类，一类是鸨母的女儿或媳妇，二类是住家妓，第三类是仿女学生装束，携一小婢或老妪，流连于市场，游玩于公园，以寻觅生意。

北京娼业最盛为民国六七年间，八大胡同的嫖客"有两院一堂"之说。民国16年后首都南迁，北京娼业则一落千丈了，其"娼妓盛衰与政治趋势有绝大关系"。

古都之地金陵，素有"北地胭脂，南朝金粉"之盛誉。明初建都南京，每当乡试之年，数以万计的

清末北京名妓凤仙、小桂合影。

清末北京妓女香国痴人。

清末北京妓女玉仙。

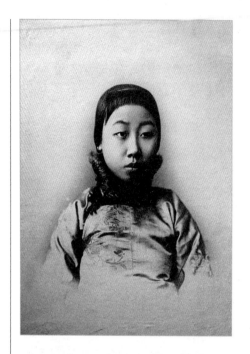

清末北京妓女李苹香。

学子每年来此求取功名，为他们进行配套服务的衣食住行等各行业也随之兴盛，秦淮遂成为明清两代中国的繁华之地。各处考生带来的具有地方特色的饮食、手工技艺、戏曲等，使秦淮两岸的文化习俗南北兼具、各色杂陈，并一直延续下来。与此同时，青楼妓院也应运而生，秦淮河上"桨声灯影连十里，歌女花船戏浊波"，一派畸形繁华景象。明朝曾建花月、春风等14楼为官妓之所，由国家教坊司管理。明太祖对待犯罪大臣，除本人服刑外，其妻、女及婢女一律打入教坊司，所以明代妓女，不少出自仕宦之家。明朝永乐之后，妓风日盛，妓院日增。在儒家文化、科举文化之外，秦淮河畔的建筑、饮食和红粉文化，也由此衍生出来。晚明之秦淮八艳如李香君、柳如是、董小婉等为其翘楚，更因与当时社会名流侯方域、冒辟疆、钱谦益的爱情纠葛及与南明史事相涉而闻名遐迩，脍炙人口。

秦淮旧院在清代初年毁于兵火，明代妓院渐成废圃。太平天国败后，曾国藩到过夫子庙，提出筹办花船以兴市。于是市容恢复繁荣，妓院亦随之兴盛。有客游夫子庙曾题诗一首："荼蘼开罢绽红榴，底事秦淮作盛游。两岸河房添好景，石栏杆外竞龙舟。"

入民国后，行禁娼令，妓女一变而为歌女，来源分苏帮、扬帮、本帮三类。苏帮居首，过往客人大都腰缠巨资，场面堂皇，挥霍亦大，扬帮、本帮难与匹敌。北伐定都南京，随着政治中心转移，经济上也大大活跃了南京市场，夫子庙也更加热闹。不少歌妓放弃琵琶，改操皮黄，应运而生的叫戏茶厅。华灯初上，歌妓盛装登场，按次轮唱，可以点戏，另收点费。这样，妓女公开露面，易为听客熟知，可免嫖客上门问津之劳。当时，名牌竞起，各树艳帜，陆艳秋、曹俊佩、陈怡红、王熙春号称"秦淮四小名妓"。秦淮一带，名妓住所叫"香巢"，进出都是衣冠人物，寻欢作乐，一掷千金。每逢农历新春，妓院大门贴上"日进斗金"四个大字，大放鞭炮，通宵达旦，叫做"接财神"。而一般妓女白天鸠形垢面，入夜

秦淮河。位于江苏南京，相传秦始皇开凿，故名秦淮。实为三国时孙吴所开。全长110公里。秦淮河在南京城内以夫子庙一带最繁盛，遍布酒家妓院、摊店货栈，成为吃喝玩乐的代名词。

清末民初沪妓花四宝。

则粉装打扮，倚门卖笑，三天不开张，老鸨打骂即至。待到年老色衰，无人问津，死运就来临了。

上海繁华，甲于全国。妓分长三、么二、野鸡三等。最上等为长三，因每叫一局需银三元，故以此名。次之为么二，意为出局需付银币二元。如要留宿，则要付银币六元，故有六跌倒之说，意即给六块大洋，就可使其身体倒下，任人玩弄。若论人数之众，地盘之广，则首推野鸡。上海野鸡来源甚杂，以苏州、扬州稍占多数。其中又分套人、包账、伙计、自家身四种。将身体卖与妓院者为套人，以身抵押，期满后仍得恢复自由者为包账，因负债而由妓院老板贷银偿还者为伙计，自家身则一切均属自由，他人不得干涉。此四种野鸡之中，伙计的待遇较套人、包账为优。野鸡又有住家及普通之分。住家野鸡通常是熟客自己上门，晚间无须出外接客。倘是生客，则需由熟客介绍，否则不得其门而入。普通野鸡是需出门接客的。还有些未成年妓女，也被强令接客。

上海乃是帮匪流氓之辈丛生之地，凡野鸡妓院要能立足，必须在帮会流氓或军警头目中，找到一个有权势、有面子的后台以作护符。若有乱人闹事，后台可派人弹压：在途拉客有违禁令，例须拘入捕房，罚款后才能获释，但若有了大牌头做后台，则又作别论。

在近代上海选花榜是一大盛事，每逢开评之时，数千粉黛跃跃欲试，各家报刊大登妓女玉照，勾栏门前车

民初北京妓女李文韵。

水马龙，风流骚客捧场游说，大大刺激了娼业发展。狎妓渐成为人们日常生活中的一种文化形态，以致无妓不欢，进妓院已和进饭馆无甚差别，甚至上海女子服装变化，"女衣悉听娼妓翻新，大家亦随之"，引领时尚潮流了。

广东人称妓女为"老举"，故妓院得名为"老举寨"。最豪华的一类，称为"大寨"；其次为半私明（俗称半掩门）；下等的为二四寨、打炮寨等。一部分设妓寨于东堤沿江一带的"鬼楼"内，一部分在陈塘另树一帜，建立了八间大寨。当时妓业之盛，曾有人吟道："花街红粉女，争看绿衣郎"。

在晚清众多的名妓之中，赛金花应该是最具传奇色彩的一个。赛金花初名为傅钰莲，又名彩云，在北京因为喜欢穿男装，又被称为"赛二爷"，江苏盐城人（一说为安徽人），约生于 1872 年。幼年被卖到苏州的所谓"花船"上为妓，1887 年，适逢前科状元洪钧回乡守孝，对彩云一见倾心，遂纳为妾，洪时年 48 岁，傅彩云年仅 15 岁。不久，洪钧奉旨为驻俄、德、奥、荷四国公使，其原配夫人畏惧华洋异俗，遂借诰命服饰给彩云，命她陪同洪钧出洋。19 世纪 90 年代初，同洪钧归国，不久洪病死。1894 年，傅彩云在送洪氏棺枢南返苏州途中，潜逃至上海为妓，改

清末北京满族嫖客与妓女。

清末北京嫖客与妓女。

清末北京名妓赛金花。

名曹梦兰。后至天津，改名"赛金花"。1900年八国联军攻陷北京时，居北京石头胡同为妓。曾与部分德国军官有过接触，也曾改换男装到皇家园林西苑（今中南海）游玩。1903年在北京因虐待幼妓致死而入狱，解返苏州后出狱再至上海。晚年生活穷困潦倒，1936年病死于北京。

今天从现存的一些老照片来看，赛金花本人并没有令人惊艳的倾国之色，却只因不同寻常的经历，成为一连串传奇故事的主人公。她集名妓、公使夫人于一身，一生历经了中日甲午战争、八国联军侵占北京、清朝灭亡、民国建立和日本侵略中国等重要历史时刻，她的年龄、籍贯、经历、为人等等留给后人一个个难解之谜，极具传奇色彩。传说八国联军打入北京，慈禧携光绪帝西逃。联军司令就是出使西欧时与她关系暧昧的瓦西德，赛金花在紫禁城里见到了昔日的情人，两个人鸳梦重温。赛金花凭着和瓦西德的关系，解决了不少纠纷，保护了一些百姓。因此京城人对她多有感激，称之为"议和大臣赛二爷"。《辛丑条约》签订后，慈禧太后与光绪皇帝由西安回銮，众大臣竞相请功。洪钧的同窗好友孙家鼐不想让赛金花在京城给洪钧丢脸，就找了个借口把她逐出京城。但史实上无据可查。她死时报上登了一副挽联，对她的生前与身后都进行了评价概括，联如下：

救生灵于涂炭，救国家如沉沦，不得已色相牺牲，其功可歌，其德可颂；

乏负廓之田园，乏立锥之庐舍，到如此穷愁病死，无儿来哭，无女来啼。

赛金花生前死后，先后有曾朴以她的一生经历，写了一部小说叫《孽海花》。有人以她在八国联军侵华时与瓦德西的一段恋情为中心写了《彩云曲》。刘半农和学生商鸿逵合作，亲访赛金花本人，晤谈十多次，撰成《赛金花本事》。熊佛西、夏衍分别编有《赛金花》的剧本。

自清光绪三十一年（1905）设巡警部后，京师及各省先后征收"妓捐"以纳资于官厅，其登记注册挂牌营业卖淫者称公娼，而私下拉客，逃税偷税者称私娼。自此，卖淫合法化并趋社会化。1922年8月北京成立女权运动同盟，提出禁止公娼。纵娼、禁娼两种主张针锋相对，最后相互妥协，结果出现了对妓院寓禁于管，寓禁于征的新型公娼制。花捐也愈来愈成为一项重要的财政收入，近代汉口的花捐，在各项税收中经常列第四、五位；北京1927年12月收入的市政捐款仅503,624元，其中乐户捐收入差不多占总数的五分之一，"可怜此种皮肉生涯的女子们，可算得支持北京市政经费最重要的人物"。所以当时有"无娼不市"、"无娼不兴"的说法。直到1949年之前，中国大陆依旧实行公娼制度，其间虽偶有当道者禁娼，也多为博取为官声名。

3. 禁 忌

语言禁忌：岁数忌讳称45、73、84、100岁。讲话忌凶祸不敬词语，如"死"，而以"谢世"、"走了"等代替。船家忌说"翻"或"沉"等词。春节期间买灶神、财神画不能说"买"，须说"请"；饺子煮破了要说"挣了"；做饭时不能说"少"、"没"、"光"、"不够"、"烂"、"完了"等不吉利字眼，年糕没了要说"满了"。粤语地区争"八"忌"四"，"八"近"发"音，"四"近"死"音，故一取一避。春节三日忌说不吉之言(俗称破话)。

饮食禁忌：除穆斯林不食猪肉，一些民族不食图腾动物外，汉族地区也有不食有功家畜的习惯。每当得到新品或美食时，要荐新于祖灵，然后才能吃。山东一带忌把筷子横放在碗上，因为这是供祭死人的放法。筷子不能分在饮具两侧，以忌"筷（快）分开了"，不可长短不齐，以忌"三长两短"。

居住禁忌：堪舆术流行，堪为天道，舆为地道，相庐舍为看阳宅，相坟墓为看阴宅。俗说："前高后低，主寡妇孤儿，门户必败。

后高前低，主多牛马"。忌房院正冲山丘、豁口、河流、道路，恐有冲射，避不开者则埋石碑，书"泰山石敢当"。俗又谓："门对窗，人遭殃，窗对门，必伤人"。盖房必择吉日，不得冲犯太岁。搬家先搬灶，六腊月不搬家。

行为禁忌：春节三日忌打骂小孩。正月初一忌搓元宵，谓搓元宵是"白手打白手一年无获"；忌动铁器，包括针线、菜刀、锹等农具；忌外倒垃圾，忌外出汲水。拜年、拜节、探望病人、婚俗中送庚帖、朝节等都必须选择上午，忌下午或晚上进行。逢年过节或遇红(婚)白(丧)喜事忌打破碗盏，若遇之则说"打发了"、"碎碎(岁岁)平安"等语解忌。新婚后第一个月忌空床，寡妇或改嫁的妇女忌出入红白喜事场所。抬病者看病时须使病者脚向前；抬死者则使死者头向前。出丧途经每个村庄时要鸣放鞭炮，否则被认为会影响村庄平安；客死外地者，忌将尸体抬回家；寿衣料忌用毛织品或皮毛制品，应用丝绸、棉纱织品。

行旅禁忌：慎出行，出行必择吉日。俗有"七不出门，八不回家"之说，各地又有差别。还有出行忌月的，谚云："六腊月出门，神仙也遭难"。这大概是要避开大暑大寒，有合理性。

行业禁忌：农业生产方面，在正月有些时间禁止下田劳动，否则会冲犯神灵，闻雷必辍耕；七月十五停止使用牛驴骡马。狩猎要祭祀山神，猎获后要祭神祭祖。养蚕要祭蚕神，语言上多有忌讳。商业敬财神，财神有文财神比干，武财神赵公明或关公，五路财神何五路，也有敬奉陶朱公的。木匠作活留尾巴，取"还有活干"，做棺材则要收拾干净，否则是咒人家再死人。石匠打石料忌说话，打眼忌打空锤。等等。

其他禁忌：妇女怀孕以后，民间有各种宗教性禁忌，如忌吃兔肉，以免胎儿长豁嘴；忌吃姜，以免胎儿生六指；忌吃葡萄，以免生葡萄胎等；还要注意胎教，其中虽有迷信成分，但大多是合理的。

喜鹊忌下午叫，俗称"早报喜，晚报丧"。晚上忌闻猫头鹰叫。俗称其叫声预兆"一更火，二更丧，三更四更叫天光。"

民间禁忌很多，可以说无时不有，无地不有，虽多宗教性，但亦是历代生活经验积累形成的习惯，含有一定的科学成分，起自我保护和调整社会关系的作用。也有相当一部分是在愚昧落后环境中形成的约定，束缚人的创造精神，如老子所说："天下多忌讳，而民弥贫。"

六、身边的神灵：民俗信仰

　　各行业有行业神。土木建筑行业之神是鲁班，建庙祭祀、行会议事、订行规工价、师傅收徒，都在祖师殿（鲁班殿）中进行。香港的三行（泥水、木工、搭棚）工人把 6 月 16 日定为鲁班节。造酒行业供奉杜康，传说他是古代最早的造酒者，河南汝阳有杜康村。冶炼铸造业供奉窑神有舜王、老君、雷公以及山、土、马、牛等神，而以太上老君为祖师，这是因为传说中太上老君有八卦炉，能炼神丹。旧时打铁的铸锅的都拜老君。染织业祭拜梅、葛二仙，河南开封朱仙镇、四川绵竹、夹江都有梅葛庙。每年四月十四和九月初九，染匠们要集会于梅葛庙祭祀神灵，同饮梅葛酒。梨园行（戏曲行）祭拜梨园神，一谓二郎神，又谓唐明皇。唐明皇酷爱歌乐，精于文艺，扶植梨园活动有功，故被崇奉。妓院供奉管仲，还祭拜五大仙（刺猬、老鳖、黄鼠狼、老鼠、蛇）。明人谢肇《五杂俎》云："管子之治齐，为女闾七百，征其夜合之资，以佐军国"，这大概就是管仲当上娼妓行业神的原因。一说娼妓拜祖师白眉。香粉店拜西施，假发店敬赵五娘，命相家尊鬼谷子，珠宝店奉弥勒和华光佛，乐工敬青音童子，纸行奉蔡伦，纺织行祭黄道婆，制陶行敬宁封子，茶行敬陆羽，墨匠、理发匠敬吕洞宾，饼店供汉宣帝，养蚕业供嫘祖或马头娘，杠夫拜穷神，扒手供时迁，成衣店、估衣铺、绸缎庄、皮店、煤铺、猪肉铺、脚行都以关羽为守护神，医生祀医王伏羲、神农、黄帝，药工祀扁鹊、孙思邈、李时珍等。几乎百业皆有自己的或共同的守护神，其中一部分是原有神灵职业化，另一部分是历史人物神灵化，敬祭的目的是保佑本行业发达兴盛。

清末，除佛教寺院、道教宫观外，地方性的庙宇，无论是前清所承认的，还是被作为淫祠的，遍布于城乡各个角落，关帝庙、土地庙、龙王庙、玉皇庙、城隍庙、雷神庙、山神庙、风神庙等，随处可见。民众遇到灾害、疾病贫困或其他难事，便去烧香拜神，许愿还愿，祈求消灾降福，五谷丰登，人畜平安，所以这些庙宇香火不断，成为慰藉普通民众心灵的场所。在高位神之下有这样几个系统的俗神。第一是自然神灵，如土地爷、东岳大帝、火神爷、山神、水神、雷公、电母、风伯、雨师、蚕神、花神、龙王、海神。第二是家庭神灵，如灶君、门神、床神、厕神、磨神及井神等。第第三是吉庆之神，如福神、禄神、寿星、财神等。第四是爱情婚姻生育之神灵，如牛郎织女、月光菩萨、月下老人、喜神、送子娘娘等。第五是凶恶之神，如瘟神、阎王、牛头、马面、黑无常、白无常、夜叉、罗刹等。第六是法力人物神，如关帝、托塔天王、张天师、钟馗、麻姑、紫姑、刘海、姜太公、刘猛等。第七是俗化的佛道教神灵，如如来佛、弥勒佛、观世音、善财童子、济公、韦驮、太上老君、斗姆、三官、真武大帝、九天玄女、八仙、金童、玉女等。福建、台湾盛行妈祖崇拜，妈祖庙遍布东南沿海，一千多年来至民国时期香火不绝。孙中山1900年赴台策划惠州起义期间，曾与梁启超一起到台北妈祖庙朝拜天后，梁启超还挥笔题写一副对联："向四海显神通千秋不朽，历数朝受封典万古留芳"。

比较正规的佛道教寺观加上若干民间庙宇，宗教活动与民间节日活动、商业活动相结合，形成庙会文化。据1930年统计，仅北京一市，城区有庙会20处，郊区16处。

七、人不能两次踏进同一条河流：
近代民俗的变迁和人们观念的变化

近代中国遭遇了代表近代工业文明的西方列强的坚船利炮的强烈挑战，以1842年鸦片战争失败签订城下之盟，被打开国门为标志，即开始由传统社会向近代社会、由农业社会向工业社会、由封建社会向半殖民地、半封建社会的变迁或"转型"。从而也引发了中国近代民俗的变迁。一方面西方的生产、生活方式借助于条约的保护开始在沿海通商口岸大举挺入并逐渐地向内地渗透；另一方面，西方的生产、生活方式本身就代表着强势能的文化形态，因此，其必然给中国传统的生产、生活方式带来强力冲击，引发"千古未有之变局"。在这种背景下，中国近代民俗的巨变也自然是旷古未有的。洋货输入、传教灌输、租界展示、出洋考察以及民众的接受和传播，都在不同程度、不同层次中推动着近代民俗的变迁。

礼仪习俗的变化：鸦片战争前，人们见面要行作揖、拱手、跪拜、请安等礼，还有一套"大人"、"老爷"、"太太"、"老太太"等称谓。在鸦片战争以后，在沿海通商地区，受西方平等观念影响，先是在新式知识分子内部，逐渐采用握手、鞠躬等见面方式，并且用"先生"、"女士"、"小姐"、"同志"取代了先前的称谓。1912年民国成立后，脱帽、鞠躬、握手、鼓掌等新礼俗逐渐成为中国通常的"文明仪式"、"文明礼"，反映出社会礼俗的进步趋向。此外，在城市中交际舞的流行、生日聚会以及同事宴请等，都反映出近代交际习俗的新变化。

消费习俗的变化：在鸦片战争后的道光年间，享用洋货在上层社会已渐成时尚，不过开始仅限于通商口岸等少数地区和官僚富裕之家，到19世纪末，随着通商口岸增加到70余个，于是洋货消费遍及各阶层，即使在云南交通偏僻之地的商店里，也可见到不少洋货，包括各种哈剌呢、哔叽、羽纱、法兰绒、钟表、玻璃等，一应俱全。许多"农民亦争服洋布"，中产之家更是"出门则官纱纺绸不以为侈"，"一般青年均羔裘如膏矣"。此外，赛马、赛船、网球、足球、西餐、啤酒、西式点心、西式饮料、业余剧社、公园、室内音乐会、电影、电灯、电话、自来水、邮政、电车等西式生活方式无不影响到中国人消费方式的改变，使中国人消费结构、消费内容均发生重大改变。此外，以上海为例，色情消费、游乐消费也成为商人、富人等消费方式中的重要内容。

服饰习俗的变化：在19世纪50年代，香港、广州即有人模仿洋人打扮，华商更多有穿洋装者。戊戌时期康有为力倡"易服"。20世纪初，当时青年穿西服的人渐多起来。清亡后，曾出现过"洋装热"，在通都大邑，人们"趋改洋服洋帽，其为数不知凡几"。在偏远小城，"文武礼服，冠用毡也，履用革也，短服用呢也，完全欧式"。此外，洋式衬衣、绒衣、针织衫、西裤、纱袜、胶鞋、皮鞋等都渐渐普及推广。总之，中国服饰中的西方因素不断增加。值得一提的是，中山装则是近代中西服饰合璧的最典型标志。

鸦片战争前后，西方人到中国，首先看到的就是蓄着长辫子的男人和裹着小脚的女人，"许多年来，全欧洲都认为中国人是世界上最荒谬最奇特的民族；他们的剃发、蓄辫、斜眼睛、奇装异服以及女人毁形的脚，长期供给了那些制造滑稽的漫画家以题材"。男人拖着大辫子，穿着宽大的褂袍，女人裹着小脚，这是清代中国人的基本装束。然而，19世纪80年代以后，中国人这种装束形象有了显著改观。首先，一批来华的传教士中有人首先提倡天足。维新派人士更率先反对缠足，主张放足，1883年康有为在广东南海县成立不缠足会，1896年又在广州成立不缠足会，1897年梁启超等人在上海成立不缠足会，不久不缠足会遍及东南沿海地区。戊戌变法期间，光绪皇帝还发出上谕禁止缠足。1901年慈禧太后下达了劝禁缠足的懿旨，1912年民国成立后，临时大总统孙中山下令内务部通饬各省劝禁缠足。从反对传统道德，争取妇女解放的角度看，不缠足运动带有反封建的政治意义，是一场深刻的社会革命。

辫发虽系清代男人的形象标志，但却是满族习俗同化汉族的结果，在外国人面前，却又成为中国人的民族标志了，而这种民族标志，在近代又成为与开化世界趋向短发的世界大潮相背驰的"落后"、"不开化"的标志。辛亥革命爆发后，辫子陆续剪掉。当时甚至出现了众多的理发店取代了众多的"剃头匠"。连袁世凯也剪掉了辫子。民国的成立更带来了短发的普及。

饮食习俗的变化：清代已逐渐形成了川、粤、鲁等各种菜系以及其他各地方风味菜肴及小吃。随着西方文化的渗入，西方的一些饮食也逐渐传入中国，至19世纪中叶以后西式饮食开始在一些沿海通商城市流行。到八九十年代，天津、北京的西餐馆也相继开设，名声愈来愈大。辛亥之后，在一些大城市，吃西餐成为一种时髦。海昌太慈生在《淞滨竹枝词》中写道："番菜争推一品香，西洋风味睹先尝，刀叉耀眼盆盘洁，我爱香槟酒一觞"。具有西方风味的食品渐受中国人的欢迎，如啤酒、香槟酒、奶茶、汽水、冰棒、冰淇淋、面包、西点、蛋糕等皆被国人接受。说明西式饮食已引起了中国饮食习俗的较大变化，丰富了我国人民的日常生活。

居住习俗的变化：北京的四合院、西北高原的窑洞、南方的天井院落、西南少数民族的吊脚楼和土楼、北方草原的毡包等，都是中国传统民居的典型形态。通常中国传统民居以平房为主，这主要与中国有广阔的土地以及建筑材料、建筑技术落后有关。在近代，由于受西式建筑风格的影响以及都市化程度的提高，在一些通商口岸，中国人也开始建筑西式或半西式住宅。邓子琴在《中国风俗史》中称，"晚清园亭，亦参以西式建筑，而通都大邑，几于触目皆是矣"。在天津，小洋楼渐渐取代北方的四合院而成为当地居室建筑的新潮流；在沈阳，"建筑宏丽，悉法欧西，于是广厦连云，高甍丽日，绵亘达数十里"；在青岛，"市内住屋多属欧式建筑"；在上海除了兴建了大量西式建筑外，还出现了西洋建筑风格影响下的中国民居里弄房屋。受上海影响，汉口、南京、福州、天津、青岛等地也相继在租界、码头、商业中心附近建成了里弄住房。此外，随着西式建筑的引进，钢铁、水泥、机制砖瓦、建筑五金、自来水、电灯等也大量应用，使近代中国居民尤其城市居民的居住习俗发生重大变化。

出行习俗的变化：在传统社会，代步工具主要是马车、牛车、肩舆（轿子）、木船以及骑马、骑驴、骑骆驼等。其共同特点是多用畜力、人力或自然力，速度慢、活动范围小。交通落后，必然造成社会的落后。在近代，随着西方的火车、轮船、电车、汽车、自行车、摩托车等的引入，逐渐导致了中国传统交通工具的变革。汽车兴起后，"男女杂坐不以为嫌"，使传统的交往方式发生了很大变化。

节日习俗的变化：中华民族的节日习俗独具特色，近代的岁时令节从总体上仍然沿袭自古以来的民间形成的节庆习俗，这些节日是依据传统历法而来，属于封建农业文明的产物。民国政府成立后，于1912年1月2日宣布全国改用阳历，以求与国际上通行历法相一致。改历后，必然引起岁时节日习惯的变化。首先就是一些有意义的新式节日、纪念日相继出现在人们的政治生活和日常生活之中。民国初年的新纪念日除了民国成立日（元月1日）和国庆（10月10日）纪念日以外，还有革命先烈纪念日（3月29日）、国耻日（5月9日）、植树节（清明节）等，二三十年代又有了国际妇女节（3月8日）、儿童节（4月4日）、国际劳动节、学生运动纪念节（5月4日）、教师节（8月27日）等等。特别是受西俗影响，圣诞节、情人节等也在城市中普及。这些都为中国的节日时令习俗增添了异彩。

婚丧习俗的变化：近代汉族主要的婚姻形态仍然是封建包办买卖婚姻。受男女平等观念以及西方婚俗的影响，19世纪五六十年代，少数与外国人交往密切的

日伪时期北京某官僚子女西式婚礼情景。新郎西装革履，新娘白纱红花。这与中国传统的新郎长袍马褂十字披红、新娘凤冠霞帔身着旗袍、红衣红袄呈明显对照。

士大夫中有用西礼结婚的现象。光绪年间，在经济较为发达的地区出现了婚姻论财不问门第的现象，西式婚礼渐有影响。19世纪末20世纪初，文明结婚形式在大城市及沿海通商口岸开始流行，"光宣之交，盛行文明结婚，倡于都会商埠，内地亦渐行之"。文明结婚，除婚礼地点不在教堂，不用牧师主婚外，许多仪式大致从西礼中移植过来，虽然杂有中国传统婚礼的某些内容，但精神和形式上基本上是西方化的。

在清末由于西俗的影响，丧葬习俗也发生了一定变化。有的地方举行追悼会以寄托对死者的哀思。追悼会的议程大致是摇铃开会，报告开会宗旨，宣读祭、讣之文，鞠躬致礼，演说，奏哀乐等。至民国成立后，废除了清王朝实行的丧礼制度，肯定了新式丧礼，并最终使新式丧俗具有了合法地位，导致了中国传统丧葬习俗的根本改变。

信仰方面：五四运动时期的新知识分子多抱科学主义、怀疑主义的精神，反对各种形式的迷信，坚持信仰必须基于事实与理性，否则无论政治、伦理或是宗教等信仰，都是愚昧的偶像崇拜，必须加以摧毁，尤其认为宗教全属迷信，而且妨碍科学发展，养成人的依赖性，基督教被视为帝国主义的先锋、资本主义的元凶。

在社会价值观方面：重商观念突出，清末知识分子提倡商战、实业救国及收回利权，有助于工商业兴起及工商业人士地位的提高。随着工商业的发展，大家庭制度逐渐被小家庭制度取代。崇洋心理弥漫，由于屡次对外战争失败，国人逐渐认同、模仿西洋的观念与事物，西方文化渗透到政治制度、经济制度、教育制度、文艺思想、生活方式中，其中又以生活方式的西化程度最深，西化速度也最快。

在伦理观念方面：传统伦理观念以三纲五常为主，民国以来，五常（父义、母慈、兄友、弟恭、子孝）较少受人质疑，但三纲（父为子纲、夫为妻纲、君为臣纲）中的夫纲与君纲，就遭到严厉的攻击。女权意识抬头：除了放足外，有了"天下兴亡，匹夫匹妇均有责"的想法，打破了女子无才便是德的观念。上海、北京为妇女运动的中心，积极争取男女在财产权、参政权、教育权、工作权上的平等地位，要求婚姻自由、禁止纳妾、社交公开等。

八、风情万种：多姿多彩的民族风情

由于中国地域辽阔，民族众多，表现在民俗特点上，有突出的地域特征和浓郁的民族特色。如中国汉族妇女服饰在近代，有京式、广式、苏式、宁式、沪式、淮扬式等之分，少数民族的民族服饰也有地域差别。

中国少数民族，大多居住在边疆的高原、牧区和森林地带。由于居住地域与生态环境的差别，过着或农耕或游牧或渔猎各自不同的生活，形成了独具特色的节日、服饰、婚俗、礼仪、饮食等民俗文化。

服饰方面：满族的旗袍，藏族的藏袍，蒙古族的长袍和蒙古靴，维吾尔族的裕衬、花娟，彝族的擦尔瓦、英雄结，苗族的百褶裙、银头饰，傣族的筒裙，纳西族的"披星戴月"等都很著名。

宗教方面：多种宗教信仰，是中国少数民族传统文化的一大特色，几乎每个民族都有自己的宗教信仰。主要有藏传佛教（喇嘛教）、小乘佛教、伊斯兰教、基督教、东正教、道教、巫教、萨满教以及原始的自然崇拜、图腾崇拜和多神信仰等。这些宗教的传播和发展，汇聚成五彩斑斓的宗教文化。

饮食方面：蒙古族、哈尼族的奶茶、酸马奶、手扒肉，藏族的糌粑、酥油茶，傣族的剁生、烤鱼、竹筒饭、鲜花宴、昆虫宴，维吾尔族的烤馕、抓饭、羊肉串等各具特色。

丧葬方面：有土葬、火葬、水葬、崖葬、塔葬、天葬等。这些不同的丧葬形式，既与各民族长期生存的地域生态有关，同时也是少数民族在各自的文化传承中对生命及其价值观念不同认识的反映。

　　婚姻方面：用对歌、丢包、串姑娘等方式赢得爱人，有的要"抢婚"。

　　节日方面：节日是表现少数民族习俗文化最为典型的内容。每个民族都有自己的传统节日，总计不下数百种。按性质分，有与生产密切相关的纪念性节日，也有祭祀和宗教性节日。从规模上说，

民国时期四川男子头饰。中国西南、华南地区的成年男子习惯以青布缠头，缠法各有不同（上图）。

明代烟草就传入中国，各地吸食方式各有不同，吹火筒其实是流行于广西、贵州等南方省区的民间吸烟用具，叫"竹烟筒"或"水烟筒"，图所反映的是民国时期云南一带用竹制的水烟筒吸烟的情形（左下图）。

民国时期福建漳州妇女头饰，称为"三把刀"，因其上方及左右各有小尖刀头饰，用以抵御强暴（右下图）。

路旁看拉洋片。在现代电影未普及之前，中国民间有一种手绘画面，通过光线可见一种类似幻灯片的效果。并通过手拉动画面，形成不同画面组成的故事情节。拉洋片者，同时还要说唱，为画面配音（左上图）。

下象棋（左中图）。

中国民间多有养狗看家的习惯，但是在旧中国上层官宦人家中也作为一种爱好和乐趣，或作为时髦，如贵妇人手牵哈叭狗之类（左下图）。

中国北方冬季，河湖结冰，成为自然的大冰场。每逢冬季，在冰上滑冰、乘冰车，成为北方冬季民间的娱乐和体育活动（右上图）。

门巴族居住于喜马拉雅山东南，交通十分不便，图为穿越藤网桥（右下图）。

有的仅限于家庭范围，但更多则是跨村寨、跨地区的群众集会，少者数百人，多者上万人。从时间上说，少则一日，多则数日甚至数十。但无论属何种节日，歌、舞、戏曲与各种体育竞技活动常为主要内容。

　　民居方面：少数民族因地制宜，就地取材，适应了不同民族地区的不同需要。如赫哲族的木楞房；鄂伦春、鄂温克族的仙人柱、撮罗子；蒙古族的蒙古包；藏族的藏式雕楼；傣族的竹楼；哈尼族的蘑菇房；苗族、侗族的吊脚楼；布依族的石板房；黎族的船形屋……

傈僳族居住在怒江地区，图为溜索过怒江峡谷（右上图）。

鄂伦春族饲养的驯鹿（右中图）。

蒙古草原上，树木稀少，民间取火，多以牛粪为燃料。图为蒙族妇女肩背背篓出拾牛粪的情形（右下图）。

身着盛装的民国时期蒙族上层妇女（左下图）。

贵州苗族的独特的发式（上图）。

民国时期蒙古族普通妇女（左下图）。

在内蒙东部为防止水渗入沙中，将圆木凿槽引水，图即在沙漠中取水情形（右上图）。

民国时期蒙古族盛装妇女，头饰异常奇特（右下图）。

云南省西双版纳地区的有名的小乘佛教建筑——龙笋塔（左上图）。

喇嘛正在吹奏巨型法号（左下图）。

苗族"姊妹节"上，姑娘吃五彩饭（右上图）。

穆斯林的传统丧葬习惯与汉族不同。图为民国时期北京清真公益出殡的场面（右下图）。

苗族女子在男子的
芦笙伴奏下，翩翩
起舞，不仅增加了
节日气氛，同时也
是男女恋爱的方式
（左上图）。

固定蒙古包。这种
蒙古包为土木结构，
无法迁移（右上
图）。

傣家竹楼（下图）。

白族民居（左图）。

侗族踩歌堂（右图）。

哈尼族蘑菇房（下图）。

主要参考书目

1．白寿彝总主编：《中国通史》，上海人民出版社，1994年版。

2．张宪文主编：《中华民国史纲》，河南人民出版社，1985年版。

3．郭廷以主编：《近代中国史纲》，中国社会科学出版社，1999年版。

4．费正清主编：《剑桥中国晚清史》，中国社会科学出版社，1996年版。

5．费正清主编：《剑桥中国民国史》，中国社会科学出版社，1994年版。

6．丁中江（台湾）主编：《北洋军阀史话》，中国友谊出版社，1992年版。

7．唐德刚著：《袁氏当国》，广西师范大学出版社，2004年版。

8．马垚克主编：《世界文明史》，北京大学出版社，2004年版。

9．吉尔伯特·罗兹曼（美）主编：《中国的现代化》，江苏人民出版社，2003年版。

10．熊月之主编：《制度文明与中国社会——西制东渐》，长春出版社，2004年版。

11．刘海峰 李兵主编：《制度文明与中国社会——学优则仕》，长春出版社，2004年版。

12．夏东元主编：《洋务运动史》，华东师范大学出版社，1992年版。

13．军事科学院战争理论部：《中国近代战争史》，军事科学出版社，1985年版。

14．军事科学院军事历史研究部：《中国抗日战争史》，解放军出版社，1991年版。

15．姜 鸣主编：《龙旗飘飘的中国舰队》，三联书店，2002年版。

16．王绍坊主编：《中国外交史》，河南人民出版社，1997年版。

17．王立诚主编：《中国近代外交制度史》，甘肃人民出版社，1990年版。

18．韩延龙 苏亦工著：《中国近代警察史》，社会科学文献出版社，1999年版。

19．薛君度主编：《近代中国社会生活与观念变迁录》，中国社会科学出版社，2001年版。

20．陈东原主编：《中国教育史》，台湾商务印书馆，1980年版。

21．牟钟鉴 张 践主编：《中国宗教通史》，社会科学文献出版社，1997年版。

22．卿希泰主编：《中国道教史》，四川人民出版社，1996年版。

23．王立新主编：《传教士与晚清中国现代化》，天津人民出版社，1997年版。

24．顾长声主编：《传教士与近代中国》，上海人民出版社，1991年版。

（参考史籍和论文不一一列出）